名家小写文集

似曾相识

朱子青——

著

U0783261

北京联合出版公司
Beijing United Publishing Co.,Ltd.

图书在版编目（CIP）数据

似曾相识 / 朱子青著 . -- 北京：北京联合出版公
司 , 2024. 8. -- (名家小写文集). -- ISBN 978-7
–5596–7918–5

Ⅰ . I247.7

中国国家版本馆 CIP 数据核字第 2024JW6959 号

似曾相识

作　　者：朱子青
主　　编：张海君
出 品 人：赵红仕
出版监制：张晓冬
责任编辑：刘　恒
特约编辑：和庚方　张　颖
封面设计：立丰天

北京联合出版公司出版
（北京市西城区德外大街 83 号楼 9 层　100088）
三河市同力彩印有限公司印刷　新华书店经销
字数 260 千字　710 毫米 ×1000 毫米　1/16　13 印张
2024 年 8 月第 1 版　2024 年 8 月第 1 次印刷
ISBN 978-7-5596-7918-5
定价：65.00 元

目　录

燕　子 ………………………………………………… 001

似曾相识 ……………………………………………… 010

跟　踪 ………………………………………………… 023

B 型血 ………………………………………………… 036

纸　人 ………………………………………………… 047

被疯子统治的村庄 …………………………………… 060

电话那头的风声 ……………………………………… 073

装在口袋里的放大镜 ………………………………… 086

绑　架 ………………………………………………… 096

狗　子 ………………………………………………… 108

蝴　蝶 ………………………………………………… 119

泪蛋蛋 ………………………………………………… 132

山路上 ………………………………………………… 146

弹簧刀 ………………………………………………… 159

大雪中的父亲 ………………………………………… 192

不翼而飞 ……………………………………………… 195

燕　子

　　那晚的夜黑暗无比，比之前任何一个夜晚都要密集瓷实。

　　暴雨是下半夜开始的，人们都在熟睡，水突然间就从天下倒了下来，像打翻了一只巨大的水盆子。后来据许多人回忆，他们确实没有听到雷声，而是被雨水同大地之间剧烈的撞击声惊醒的。我不是被雨惊醒的，而是被我家的羊叫醒的。我们家养了两头奶羊，还有五只小羊羔。难以想象，羊的叫声无比凄厉，仿佛有无数个闪着寒光的刀子嗖嗖地从嘴里射出来，像蓝色的闪电。羊的眼睛在黑夜中闪着惊恐的黄光，如两盏风中摇晃的豆油灯。可是，雨实在是太大了，难以抗拒的黑暗从天空中压了下来，一直往每一个有空隙的地方涌，包括人的耳朵。我和父亲醒来的时候，雨已经小了很多，天已经蒙蒙亮，院子里响着哗哗哗的急促的水流声。

　　羊圈窑顶上是一道破烂的土坡，我和小水家就在坡的两边。土坡上部冲开了一条裂缝，雨水就是从这一裂缝中灌进羊圈的。我们家共有四只窑洞，三只面南，中间的是厨窑，左边的是草窑，右边是客窑，我与弟弟就睡在客窑里。

　　我与父亲几乎是同时出的门，当时，羊圈门里不住地往外涌水，奶羊的叫声已经嘶哑。等我们打开羊圈门时，四只小羊已经淹死，其中有一只小羊竟然骑在了大羊的背上躲过了一劫。两只大羊见我们打开了圈门，纵身就跳了出来，在院子里咩咩地叫。

母亲与弟弟也相继出来了，看到这一情景都忍不住哭了。我与父亲拿了铁锹顶着油纸雨衣上坡，发现水是从坡头直接流下来的，造成这一情况有两方面原因：一是小水家崖背上垫了厚厚的土层，整整比我们家崖背高出了半米多，水积流到我家的崖背上；另一方面就是有人把原来的水道堵死了，原来的水道是避开土坡的，从两家崖背的交界处一直向前绕过小水家的巷道流到坡底的，显然，有人在下大雨的时候做了手脚。

还能是谁呢，只有小水的父亲三拐子！

父亲当时就破口大骂："狗日的三拐子，断子绝孙的三拐子!"父亲咬牙切齿，用了无比恶毒的语言，几乎骂了三拐子的祖宗八代。正骂得起劲的时候，雨又大了起来，雨滴打在脸上有些生疼。很快，我看我家的崖背上，平时的碾麦场已成一片汪洋，那样子随时会将崖背上的矮墙冲垮，水会像瀑布一样直冲下去，然后流进中间的几只主窑里。父亲顾不上骂三拐子，慌忙召呼我一起疏开水道，我与父亲在大雨中忙作一团，衣服彻底湿透了，好在还是把水道疏开了。我看到水流如注一往无前按原来的水道奔涌向前，然后跳下坡底，很快就将坡底冲开了一个壕沟，然后夺路直奔向下流去，远远地可以看到许多水跳崖的情景，是的，雨实在太大了。我们这地方以干旱著称的，我从来没见过这么大的雨。

我用泥浆石块把坡上的裂缝填补上，回到院子里。我们父子三人把四只小羊从水里捞了出来，羊羔竟然都睁着眼睛，仿佛还活着一样。我们将它们晾在草窑里。两只母羊见状有些瑟瑟发抖，咩咩地叫，显得十分绝望。驴回头望一望几只可怜的羊，用嘴唇动动槽里的苜蓿，仿佛也十分难过。吃早饭的时候，母亲红着眼睛，偷偷地抹眼泪，靠窑掌底的一对燕子，它们停在拉在窑两壁的晾衣绳上呜咽着，仿佛也在为我们家难过。五只刚孵出的小燕子瑟缩在窝里，时而伸了脖子露出黄黄的嘴巴，显然它们嗷嗷待哺。这么大的雨，一对老燕子也没法出去找食吃，粮囤就在窑后，就在燕窝的正下面，里面还有一些小麦种子，敞开的，它们要吃的也很方便，但燕子不比麻雀，它们从不偷吃主人家的东西，大约觉得是寄人屋下，已是很麻烦了，不能再有非分之想。

这时，父亲放下了筷子，说要去找三拐子理论，劈断他另一条腿！母亲听罢，立马求饶：

"这都是天灾么！你再不要惹事了！"母亲接着说，"再说了，你有没有证据，凭什么说是人家小水他爸干的呢！"

父亲的喉结上下动了一下："不是他，不是他还能有谁，谁会干这事？"

我们一家都沉默了，我们都在寻找，把全村的人一个个地在脑海里过了一遍。我想到了路生，他曾要借我家的驴去娶亲，父亲拒绝了，因为我家的驴从不让人骑，更不能去娶新媳妇。我还想到了队长胡栓贵，他曾经多割了我家的两犁沟麦子同父亲争吵过。我还想到了村支书王怀民，他趁三拐子不注意溜进小水家想强迫小水妈时，我就是赖在小水家不走，坏了他的好事。我还想到了小水的小叔，那个独眼龙，像个恶霸一样，又偷又抢，连村里最凶的狗见了他也躲着走……

草窑里的羊又叫了起来，母亲便出门去看羊。父亲又骂了一句："如果不是三拐子干的，我倒着走路！"

去年夏天，小水一家，还有她的三个叔叔，都齐来帮忙，他们从四场坟的土坑里拉土来，把自己家的崖背垫高，那阵势有些平田整地时大会战的样子，轰轰烈烈的。三拐子累得肩膀都斜了，拉车上涝巴边上的小坡时，眉眼都歪斜着。等倒了土，身子就像撒了架，走起路来侧着身子一拐一拐的。小水的头发上、长长的睫毛上也是土，脸弄脏兮兮的，毛毛的眼一笑，羞涩中显得更心疼了。当时，我们家谁也没有意识到，他们家这一举动对我们家造成了威胁。父亲还半开玩笑地说：

"他拐叔，省点力气，小心另一条腿也废了！"

三拐子也不多话，抬头咧嘴笑笑："这这这场烂的，不好碾麦么！"

当时自以为聪明的我也没有发现三拐子的阴谋，仿佛在一夜之间，小水家的崖背就比我们家高出了半米多，三拐子几个兄弟用锤子夯实的时候，父亲才意识到了什么不测，他有些不高兴。母亲的意思是我们家也拉些土垫一下，担心水流不畅把窑洞泡塌了，但父亲却不同意，他打心里瞧不起三拐子，他不能因为三拐子干了的事，他跟屁虫似的也跟上干。他对母亲说，几十年了，下了多少场雨，窑不是好好的吗！言下之意是怪母亲见识短。

可是，百年不遇的大雨还是下了来，我想这绝不是三拐子有先见之明。

父亲执意还是要找三拐子问个明白，主要是半夜里是不是他把水路改了道，但这个问题在父亲看来，再明白不过了。肯定是三拐子担心雨水按原来的道儿流下来把他家的巷洞冲开，因为坡底与他家出门的巷洞离得很近。但我想象不出，那么大的雨，三拐子是如何爬上坡的，又是如何把水道改了的。我同母亲一样，不希望父亲去找三拐子闹事，母亲觉得是邻里之间要和睦，母亲同村子里大人孩子都没有红过脸，我们家同小水家耕种还合过对，也就是她家的牛与我家的驴拉犁做过伴。我倒不太在乎曾经合不合对的事，我只是喜欢小水，我们俩虽然没有什么海誓山盟，也没有私订终身，但我们彼此心里装着对方，是那种谁也替代不了的位置。

母亲给奶羊放了好多的苜蓿，可两只奶羊一口都不吃，看着旁边的几只死了的小羊叫得更凄厉了。这时候，草窑里的奶羊又叫了起来，你一声我一声，仿佛在哭诉，又仿佛在怂恿父亲为它们的孩子报仇。羊那叫声真的像飞刀，薄而锋利的飞刀，飞出门外，在雨里在空中穿梭着，仿佛在同雨水搏斗，有一阵子雨停了下来，羊就不叫了，仿佛是被羊叫停的，但雨很快又落了下来。要知道四只小羊可以抵得上半头驴的价了，再说了，如果我考上了高中，父亲准备卖掉小羊来供我与弟弟上学呢！

父亲终于忍不住了，他提了把铁锹怒气冲冲地出了门，母亲见状，生怕父亲惹事，又说："没有证据的事，你千万不要惹事！邻里邻居，抬头不见低头见！"

父亲说："你放心，我得问一问！如果是他三拐子干的事，这羊他得赔！"

我出了门，手里拿了一把铁锹，想跟父亲一起上坡去，但被母亲夺了铁锹，并将我推进了客窑。

"大人的事，孩子少插手！"母亲神色比较严厉，接着又说了一句，"快去学习去！"

我知道父亲也指望我光宗耀祖呢，因为从小我的学习成绩就比较好，村子里大人们都夸我，都说我会考上县重点高中，会考上北京的大学，以后要当国家干部，说不定会是个人物。父母的确也常常以我为荣，在家里舍不得让我干农活，常常挂在嘴边的话："快去学习去，这哪是你干的活呢！"

中考结束没多少天，我想如果我考上了重点高中，交不起学费怎么办。连着旱了几年，家里吃的粮都不够，玉米荞麦吃得我直吐酸水。前家过年时，家里揭不开锅，父亲没办法卖掉了一只小羊买回了些面和肉，还去山里搜了些野鸡蛋，一家人勉强过了个年。正月十五有人家放烟花，我们大年三十都没有放一串鞭炮，日子越来越紧巴了。今年收成也照样不行，麦子起身时没有了粮，这快收割时却下了这么大的雨。

雨渐渐地停了，我突然听到崖背上有人在高声地吵架，我想这肯定是父亲与三拐子吵了起来，但听得出，不止两三个人。这时，我突然想起三拐子还有三个弟弟，尤其是小水的独眼龙叔叔，那是一个不要命的主。想到这，我头脑一热，拿了顶门棍就往外冲。母亲也跑出了院子，小水也从她家巷洞里跑了出来，母亲见状，就把我抱住了："这是大人之间的事，你千万不能管！"我挣脱着，我听得崖背上好像有棍棒交锋的声音，好像人越来越多，声音越来越嘈杂，可我还是挣脱不开母亲的手，这时，母亲喊小水："小水，瓜女子，快来把俊青给我抓住！"小水看样子也想上崖头看个究竟，一听母亲喊她，抹了一把眼泪过来帮忙，一同将我拉进了客窑，母亲就将我和小水锁在了里面。

小水背靠着门，不让我出去，其实这个时候我俩都出不去了。可我还是像饿虎一样往出扑，我让小水让开，我要把门板卸了，我要出去！小水的胸脯一起一伏，脸上的泪已经干了，头发有些凌乱，一只羊角辫散了开来。她死死地把住门，就是不让我靠近门！

"小水，你让开！让我出去！"

"我就不让，你打死我我也不让！"

没办法，我便伸手抓小水的肩膀，没想把小水的花格子罩衫给抓破了，这件罩衫小水穿了好多年，仿佛只有这一件衣服一样。小水的肩膀露出了白生生的肉，我们两个人同时一愣，心里有一丝害羞闪过，但很快又恢复了对峙状态。崖背上的声音越来越大，也有女人孩子的尖叫声。我心急如焚，我想到了小水三个叔叔，尤其是那个独眼龙叔叔，我想到了父亲，想到了被打倒在地的父亲，想到了血！我注意到小水也一样，似乎也想到了另一条腿被打断的父亲，不能起立行走的父亲！她的眼泪像昨夜大雨一样从眼眶里溢了出来，她咬着牙呜呜呜地哭着。我已经顾不了很多，使劲拉她，突然，她一下子抱住了我，哭出了声来：

"俊青哥！我也受不了了，你如果爱我，就带我离开，走得远远的！"

　　我感到她浑身发抖，丰满的胸紧紧地贴着我。我突然紧张得不知所措。有很多次，我想着过这一场景，就是我把小水抱在怀里。我们曾一起在山洼里放牲口，我们俩在原饲养站的旧窑洞里躲雨，我给她去山神殿旁的大杏树上偷杏子，去偷河湾对面村子里的玉米棒时被看庄稼的人打得眼冒金星丢了鞋，我与她躺在我家的厨窑的炕上，看窑掌子上的燕子飞出飞进地哺育小燕，我们默默地在心里想我们将来也要生一大堆孩子。甚至我曾经有一回在梦里娶媳妇，小水戴着盖头，从山头上骑着我家的驴来了，我当时还纳闷，我家的驴不是不让别人骑吗！当时揭开盖头时却不是小水……是的，多少次，我都想抱一下小水，现在小水抱住了我，我的双手却不知所措，却不敢把小水搂紧。我知道小水有一肚子的委屈，父亲活得窝囊，母亲又常受村支书的欺侮，现在，两家人又打斗了起来！

　　很快事情就结束了，父亲与三拐子都毫发无损。在我看来，父亲如果一抵四，奋力杀出一条血路，或者被打断一条腿都要比毫发无损好得多。不至于成为全村人的笑料，不至于后半生也抬不起头。以至于整日郁郁寡欢，后来中风不语，以至于到年老说不出一句完整的话来。

　　父亲后来被人起了个外号叫"死狗"，甚至有人喊我的时候也说"死狗他儿"，这简直是奇耻大辱。说母亲时也说是"死狗的老婆"，死狗这个词几乎与我们家脱不了干系。是的，这都是因为父亲。我听说，父亲当时与三拐子吵了起来，三拐子死不承认水道是他做了手脚，而且还发毒誓，而父亲一口咬定就是三拐子做了坏事，气急之下推了三拐子一把，三拐子脚下一滑也摔倒了。父亲并没有再动手，没想三拐子的三个弟弟如狼似虎地来了，三拐子从地上爬起来，拦挡三个弟弟，带头的独眼龙，手里是一把镰刀，那只镰刀曾经割掉了丑子的半个耳朵，仅仅是因为丑子埋怨他多割了几镰麦。三个弟弟眼里迸着火，手指头就要指进父亲的眼睛了，围观的人越来越多，劝架的人不少，母亲与小水的妈也在其中，眼看就要发生人命事故了，这时父亲突然倒地，嘴里说让三拐子几个兄弟打死他算了！地上全是泥，父亲竟然真的变成了一条死狗。有人描述说，父亲在地上还滚了几下，浑身是泥，简直像一头猪，有人还笑着说，父亲是死狗猪！

我的内心充满了无边无际的仇恨，我们家因为三拐子而抬不起头来，父亲在村子里的形象甚至连三拐子也不如。我恨三拐子，恨他的三个弟弟，恨独眼龙，甚至我恨小水的全家。我知道仇恨的种子已经在我心里扎下了根。那次事件后，两家人见了面也不说话，小水见了我也远远地躲着，看得出，她想对我说什么，可又不敢靠近我。

父亲是刚收完麦病倒的，他变得沉默无语，当时他靠在门槛上抽烟，突然就嘴脸歪斜了，接着就不能言语了。在很多个百无聊赖的午间，我一边照顾父亲，一边看书，母亲带着弟弟下地锄玉米。我感到羞惭无比，我不知能为家里做些什么。村子里许多人都出去打工了，他们神不知鬼不觉地出了村子，我也想出去打工，可没有一个伴，出去打工的人似乎都躲着我。窑掌上的小燕子长得很快，一个个肥嘟嘟的，看身子比老燕子都大了，它们五个挤在窝里，两只老燕就在晾衣架上睡觉。老燕们仍忙碌着出出进进捉虫子喂五只小燕。很快，它们开始扒在窝边试翅膀了，那样子不像是训练，只是象征性地扇动翅膀，一派无所谓的样子，还相互嬉戏，完全体会不到一对老燕的辛苦。

大约又过了一个月，小燕们仍漫不经心地试翅膀，我注意到老燕也引导它们飞一飞，可这五只胆小鬼从不敢离开燕巢半步，它们仍应付般地扒在巢边扇几下翅膀，然后等待老燕捉回虫子。我终于无法再忍耐了，趁老燕不在的时候，找了一根长长的杆子，拨弄着把几只小燕子赶出了巢，我注意到，这五只小燕子惊慌地扇动着翅膀，胖乎乎的身子显得十分沉重，它们都是从巢边俯冲下来的，有两只从窗户里穿了出去，差点碰上了窗玻璃外的钢筋，有两只直直地从门里冲了出去，五只小燕都跌跌撞撞，几乎是擦着地面飞下山沟了。看到它们这个样子，我突然后悔了，同时感到自己干了一件极其有罪的事，幸好，这一切谁也没有注意到。晚上，只有两只老燕停在晾衣绳上，喉咙里咕咕地响着，似乎在哭泣。

一个月后，我便离开家进城去打工。母亲哭红了眼睛，一夜未合眼。送我出山的时候，她不住地流泪，风把她的头发吹散了，我注意到母亲突然老了很多，鬓角多了些白发。母亲终于看不见了，我张开双臂，像那五只燕子中的一只，跌跌撞撞地飞了起来。

时隔三十年，当我再次回到故乡时，过去我们住过的窑洞已经被推平变成了耕地，我家的窑洞还有两只存在，曾经洒满阳光的干净院落长满了杂草。在草窑里，我找到了一只未拔出的橛，那是拴驴用的，而那只羊圈早不知去向。我去了小水的坟前凭吊。十多年前，小水因难产而离开了人世。她的坟头长满了荒草，我将一双绣着双喜的新鞋垫放在了她的坟头，这是那年我出门时她让母亲塞在我包里的！

似曾相识

一

母亲对我说："你还是去看一下你姐，到底是死了还是活着?"

母亲神情幽暗，心事重重的样子。最近一段时间，她总是这样神神道道、恍恍惚惚的，大约是老了吧，比如她有事没事总要骂我的父亲："死鬼到另一个世界享清福去了!"我看母亲的样子，似乎有什么不祥的预感。

"这几天，梦里头有一群狗咬我呢!"母亲有气无力地又补充了一句，然后抬起头，呆滞的眼神望着窗外。

外面的世界一片灰暗，肮脏的积雪堆在马路边上，一辆车接着一辆车呼啸而过，像一条条夹着尾巴逃跑的流浪狗，浑身脏兮兮的。

我说："妈，你不是说大姐是垃圾堆里捡来的吗，她出去这么多年了，回一趟家就只会要吃要喝，替她那个醉鬼丈夫借钱，找她做什么?"

母亲没有再说一句话，熄了灯，她的形容很快就隐入黑暗中了，像突然离开了我们，去了另外一个世界。我知道她已经活得不耐烦了，她无时无刻不想去找我的死鬼父亲，也想到那个世界享享清福去。

　　父亲是一个和蔼可亲的人，从来没有打骂过我们。可母亲打骂我们是家常便饭，她常常对我们咬牙切齿，一副恨铁不成钢的狰狞表情。母亲对我们兄妹三人抱有很大的期望，可是，我们都不能按照母亲的愿望成长。哥哥老实巴交，三棍子打不出一个响屁来，像一只装满水的巨大气囊，走起路来浑身的赘肉不停地抖，六层楼得休息十几趟儿才能爬上来。母亲担心他翻身弄坏家里的床，早早地就让他打地铺了。我们家只有两个卧室，姐姐睡小卧室，我和哥哥睡阳台。那时候，哥哥的呼噜声随着身体的肥胖一天天地加剧，有些惊天动地。让我感觉一直是睡在火车铁轨旁的。我变得这么瘦，主要是睡眠不好，这与哥哥脱不了干系。

　　姐姐与她的酒鬼男人私奔之后，哥哥终于有了自己的卧室。尽管这样，家里的地板仍日夜传导着火车车轮碾过铁轨时的震动声。我仍然被哥哥的呼噜声折磨着。说心里话，我一点也不想在这个家待了，多少个夜晚，我睁着眼熬到天亮，我想到一个没有人烟的地方去，比如深山老林，或古刹寺庙，我就想去好好地睡一觉。

　　父亲是因肺癌离开我们的。父亲的睡眠也不好，他头发稀疏，形容憔悴，瘦得肋骨清晰可见，常常在半夜里大声地咳痰。面对哥哥的呼噜声，母亲却能安然沉睡，气息轻柔得丝绸一般。父亲病重后，母亲也有些承受不了哥哥的呼噜声似的，常常在半夜醒来。有一次，她把哥哥从雷声般的呼噜里踢了醒来，哥哥野蛮地骂了一句："谁，谁他妈踢老子！"

　　母亲又狠狠地踢了一脚，踢得哥哥睁开了眼睛，黑暗中挣扎着迅速坐了起来。

　　父亲在大卧室呓语般地说："打呼噜的人不要碰，小心传染上！"母亲再次躺在床上的时候，果然也打起了轻微的呼噜，不过呼噜的规模并不大，带着难以描摹的呻吟，仿佛是压抑着巨大的痛苦或快感。再后来，母亲的呼噜声就越来越大了，父亲从此坐卧不宁，惶惶不可终日，不停地咳啊咳，形容愈发憔悴了。

现在，我想起姐姐的时候，心里头就有一种无端的伤感与悲怜。我无法从她身上找出我们田家人的一点基因，田家人生性老实软弱，可姐姐性情暴烈，敢作敢为，甚至有些歇斯底里，让人难以理解。母亲从不避讳姐姐是垃圾堆上捡回来的孩子，母亲掐她拧她，用最恶毒和不堪的语言骂她。刚开始的时候，姐姐咬着牙一声也不哭，后来则大声地哭叫，常常是母亲还没有动手的时候，她就跑到楼道里或者院子里，边哭边叫喊着母亲的名字："王桂花，你不得好死！"她的哭声惊心动魄夸张至极，引得每一户人家的窗户里都伸出了一个惊诧的头脸来。那时候姐姐大约十五六岁，胸脯已经很高了。她竟然将衣服领子撕开，袖子撸起来，后襟掀起来，让院子里的男男女女见证母亲的手段与罪行。姐姐的皮肤白皙光滑，被母亲掐得青一块、紫一块，到处是伤痕。我亲眼看到有些流氓，那些不要脸的男青年，跟在哭泣的姐姐身后：

"田秀秀，我看看！我不相信这是你妈干的。"

说着凑过脸来，他们的眼神中充满了探询的急切，神情迷离而兴奋，仿佛姐姐的身体是一处有着无穷无尽稀奇玩意的宝藏，她的伤痕是一部难懂至极的天书，或者精美绝伦的图画，令他们流连忘返。

姐姐一点也不害羞，她迫切地需要别人同情的目光，极力地想将母亲的罪行向世界宣扬。有些男青年在探看的时候，趁机用粗糙的手抢劫似的摸一下姐姐含苞欲放的乳房。

母亲看到这一切，像一头发怒的狮子，气得要吐血。

二

我无法理解姐姐会嫁给一个醉鬼。他第一次被姐姐带到家时，就同父亲喝上了。伪军提来了两瓶西凤酒，说是用一个月工资买的，来孝敬岳父岳母大人的。母亲象征性地做了几个菜。那时候，姐姐在棉纺厂上班，她介绍我未来的姐夫："我同事，厂安保科科长！"

姐姐的介绍看似轻描淡写，实际上特别地用心，她将"科长"两个字拉得很长，父亲听到"科长"二字，有些诚惶诚恐，仿佛我们家高攀了一样，立马就堆上了笑脸，并吩咐母亲："愣着干啥呀，快炒几个菜，我们爷俩下酒！"

我记得他进门时神情颇紧张，好像还猫着腰，活像个伪军。姐姐介绍之后，他的举止就放开了，就像回到了自己的家。伪军打开提来的酒，招呼我和哥哥一起喝。我看了母亲一眼，就知趣地躲在一边流口水，哥哥却大大方方地移了过去。哥哥走到科长身边，用力地在他肩膀上拍了一下："先，先，先看看酒——酒量再说！"伪军的身子跟我一样有些瘦弱，差一点被哥哥拍趴下了。

母亲始终没有做任何评价，她脸上的表情没泛起一丝涟漪，直到伪军喝得烂醉如泥，口里头呢喃呓语，像妖怪一样显了原形。

母亲坚决不同意这门亲事。

后来，据我从母亲口里得知，伪军的科长是假冒的，他只是一个普通的小保安而已，有一个父亲与他相依为命，他也是从垃圾堆上捡来的。这让我感到纳闷，他和姐姐的身世之谜，直接导致多年来我养成了一个习惯：每每遇到垃圾堆，总会看一看上面有没有长出孩子来，有时我还会上去翻一翻，免不了喊一两声，可始终没有像母亲和伪军的父亲那样倒霉或幸运。后来，我听到了一个词：同病相怜。我虽然没有念几天书，但我理解这个词。姐姐与伪军两个人都是从垃圾堆里生长出来的，有着共同的命运，相恋就不难理解了。

那段时间姐姐着了魔，心情好到了极点，走路一唱三跳的，变成了一只可爱的小白兔。有几次，我看到她哼着歌往胸罩里垫海绵。还有一次，我假装睡着了，眯着眼睛看见姐姐站在凳子上，对着镜子观察自己的大腿与屁股。那一刻，我竟忍不住笑出了声来：屁股与大腿有什么好看的！我的笑声引来了姐姐的愤怒，她将镜子前一块肥皂扔了过来。

母亲对恋爱中的姐姐无能为力，她软硬兼施，苦口婆心地劝导姐姐，不要同那个酒鬼来往。

"男怕入错行，女怕嫁错郎！我就是嫁错了，嫁了一个没有本事的男人，才受了一辈子的苦。"有一次，母亲劝说着姐姐，突然伤心地大哭了起来，"要是你爸有个一官半职，或者头脑灵泛点，我们一家五口人还会住在鸽子笼？到现在两个傻儿子连媳妇都找不上！"

父亲听了母亲的奚落，低着头默默地出了门。我想顶一句母亲，一想到自己的傻根的绰号，也不好再说什么。母亲哭了一会儿就停了，仿佛是演员在演戏。小卧室里，哥哥的呼噜声起伏不定，让人莫名地心烦。

姐姐因母亲的眼泪若有所动，转眼却说："他好歹比我爸强，是个科长！"

母亲抬起头，看了姐姐一眼，突然，像一头被激怒的母兽，撕住了姐姐的头发，一顿乱打："啊，什么科长，什么科长，啊，一个临时工，你还骗我，我让你骗，让你骗！"说着就撕姐姐的嘴。母亲突如其来的暴行让姐姐吓了一跳。后来，姐姐进行了英勇无情的反击。无论从个头还是力量上，母亲远远不是姐姐的对手，姐姐当时的形象让我想起武侠电影中的十三妹，她一掌就将母亲打到了墙根。母亲倒在地上哭得惊天动地、悲恸欲绝，口里不住地骂姐姐，说她白养了个女儿，养一条狗都比姐姐强。看得出，她为自己从垃圾堆上捡回来姐姐这件事十分后悔。

后来，姐姐就很少回家了，她住在女工宿舍，趁家中无人时回来偷偷地将她的衣服全拿走了，甚至连户口本上属于她的那一页也拿走了。这是母亲始料不及的事。母亲为此去找姐姐厂子里的领导，状告伪军欺骗良家少女，领导对母亲的激烈控诉十分反感：

"啥年代了，年轻人自由恋爱，这有什么嘛！"

厂里给姐姐分了一套五十多平方米的房子。姐姐和伪军如愿领了结婚证。结婚前，她与伪军双双来到我们家，准备商量办婚宴的事。还未进门，母亲就声嘶力竭地喊："我当没有养过你这个女儿，滚远一点，不要让我再看到你们！"后来，他们在母亲的鞋子的追踪打击下，落荒而逃，那情状狼狈不堪。看着这一切，我快乐地拍手大笑。

那天，父亲是晚一些回家来的，他有些怯怯地对母亲说："我，我不小心把手表丢了！"要知道，父亲的那块表是上海牌的，价格不菲，就像那架度数不大的近视镜一样，是父亲身份与知识分子气质的象征。虽然父亲只短短地当了几年厂区子弟小学的老师，但那只手表一直光灿灿地挂在他的手腕上，只有洗脸时才会小心地褪下来。

三

婚后的姐姐气色好极了，白里透红，脸上洋溢着难以自抑的幸福，连走路的样子也多了几分婀娜。哥哥骂姐姐是"骚×"。有一次，我在巷子里碰上了姐姐，她竟然穿着一件大红旗袍，手里拉着一条野狐一样的白色小狗，脖子上有一道红色的伤痕，像是牙印。

"姐，你是不是把家里的被面子做了衣服了？"我感到诧异。

"真是个傻根，难道田家人都是傻子种！"姐姐骂我。

"我以为你嫁了那个伪军就不挨打了，照样挨打，天生就是个挨打货，连脖子都让人家咬！"

姐姐听了，突然转怒为喜，脸上泛起了一丝红晕，昂着头挺着胸走了。我注意到，姐姐的胸愈发地高了，像两座山峰。

我弯腰从地下捡起一块石头，真想扔过去，这时，那只狗竟然挣扎着绳子朝我汪汪汪叫了三声，我的腿顿时就软了。姐姐迈着闪着光亮的大腿叮叮当当地向前走了，我学哥哥狠狠地骂了一句："骚×！"

很快，姐姐的工厂掀起了轰轰烈烈的下岗潮，姐姐与伪军幸福生活遇到了困难。我再也没有看到过姐姐穿着旗袍在巷子里招摇。只几年的时间，人生的秋天就来临了，她的气色变得暗淡，身材开始臃肿，表情也越来越像我的母亲，这让我对她的身世产生了怀疑。有一天哥哥气喘吁吁地向我们报告：

"田秀秀神气不起来了，我亲眼看到她在垃圾堆上捡瓶子！"

母亲刚吃了一口菜，听到这消息突然停了下来。父亲睁大眼睛："你没看错吧！"

"我怎么会看错，她不是从垃圾堆上来的吗，回到垃圾堆又有什么奇怪的！"哥哥咬了一大口馒头，腮部鼓起了一个包，就在这时，母亲狠狠地抽了他一巴掌！

"再胡说，都给我滚出去！"

哥哥被打得晕头转向，不知所措，本还想狡辩什么，看母亲怒不可遏的样子，只好硬生生地咽了一口馒头，低下了头。

没过多长时间，哥哥从外面回来，无缘无故地骂："垃圾，骚×！"

他一连骂了好长时间，不过都是避开母亲骂的。我问他骂谁，他说还能有谁，还有谁是从垃圾堆上来的。

我立刻明白他在骂姐姐。后来，姐姐开始在一家按摩店工作，给别人洗脚刮痧按摩。姐姐的嘴唇涂得红红的，脸上堆着厚厚的脂粉，穿着能看到底裤的短裙，胸口挤着一条深深的乳沟。
她要么蹲下来给客人洗脚，要么跪在男人的身前给他们刮痧。男
人们光着背，皮肤被姐姐刮得血红，欢快地呻吟着。有时男人们
会让姐姐表演个节目，姐姐就用她那婉转但有点嘶哑的声音唱几
句京剧：

"苏三离了洪洞县，将身来在大街前。未曾开言我心内惨，
过往的君子听我言。哪一位去往南京转，与我那三郎把信传。言
说苏三把命断，来生变犬马我当报还。"

姐姐的京剧总是能赢得掌声，当然也免不了小费，姐姐也很
快有了一个"秀才"的艺名。每每客人进来，都点名要求姐姐服
务。我想姐姐要不是小时候把嗓子哭哑了，说不准真的能当个歌
星啥的，从小小的按摩店走上社会的大舞台。

那段时间，母亲找到了姐姐，不知采取了什么手段，逼着姐
姐离开了按摩店，听说是父亲给姐姐下了跪，姐姐看着白发苍苍
的父亲，一时就心软了。

那一段时间，我倒是见过伪军几面，真正变成了一只流浪
狗，常常烂醉如泥。有一次，他倒在树沟里，死了一般的，我
走过去，踢了他一脚，猛然发现他的手腕上有一块手表，与父
亲的一模一样，银光闪闪的，很是刺眼。再一次见到伪军醉卧
马路的光辉形象时，他的手腕上光光的，只有一个手表盖大的
白印子。

那段时间，姐姐变得沉默极了，仿佛是因为太累，连说话
的力气也没有。不过她与母亲的关系有了缓和，开始来我们家
蹭饭了，一进门就狼吞虎咽的样子。有时父亲与母亲就看着她
吃，她吃饱临走时还不忘给伪军打包，有次她竟然将父亲的小
半瓶酒也给顺走了。母亲睁一只眼闭一只眼送她出门。姐姐前
脚出门，后脚房子里就飘浮起母亲的叹气声，这比哥哥的呼噜
更让人烦躁。

四

就在我和哥哥为家里的伙食水平急剧下降而不满的时候，这一天，姐姐提了一大包水果回到了家。她对母亲说要开一家宠物饲料店。姐姐说她这一段时间跟上别人跑保险，虽没有拉成一个单子，但思想上接受了改造，并且十分诚恳地向母亲承认了她以前的错误，后悔没有听母亲的教导……她们在一起谈了好久。我在外面听着姐姐与母亲抱头痛哭。当时，父亲去世刚满一年，我不知姐姐与母亲为什么而哭，两个人都哭得十分伤心，天昏地暗的样子，好长时间也停不下来。

姐姐如愿以偿开起了宠物饲料店。我们的生活水平又一次大幅度地跳水，母亲竟然每天只给我和哥哥吃两顿饭，并要求我们每天必须捡够一百个瓶子，或者两公斤纸壳子，将我们当奴隶一般地役使。为了吃饭，我与哥哥得起早贪黑，四处奔忙，目光整天盯着被人遗弃的瓶瓶罐罐。没有多长时间，我瘦得像一张纸，轻飘飘的，一阵风就能将我吹走，哥哥的体重也有了明显的下降，他的呼噜声一时小了很多。总之，我感到疲惫至极，只要头一挨上枕头就很快睡着了。有几次，我被哥哥踢醒，他竟然说我的呼噜声吵得他睡不着觉。

这天，我同哥哥不知不觉走到了姐姐家的门口，那是一个小四合院，两层楼，总共有二十多户人家居住，这是厂子里分给职工的福利房，许多的房子门窗都没有了，残缺倒塌的院墙上写着大大的"拆"字，院子里面乱得不可开交，堆了好多的废品。我与哥哥欣喜若狂，还没有等到我们动手，从一个角落里跑出了六七只流浪狗，形态各异，像六七个怪物，它们龇牙咧嘴，很快就发现我们图谋不轨，齐声吼叫了起来，有几只竟然向我们扑了过来，我们吓得魂飞魄散，撒腿就跑。在奔跑的过程中，我听到身后一个男人的怪笑，笑得像要断了气，我听得出，这笑声是伪军的，回过头一看，果然是伪军，他变得胡子拉碴，衣服也破破烂烂，活像个叫花子。

我没有想到姐姐会收留这么多流浪狗。

母亲为此质问过姐姐，姐姐说，一是她研究的需要，什么样的饲料什么样品种的狗喜欢吃，她得做实验；二是看家护院的需要，他们的房子属于危房，拆迁的人与他们谈了几次，都没有谈拢。有几次，这伙强盗在半夜将推土机偷偷地开到了门前，如果不是狗叫，他们两口子也许就被活埋在废墟中了。母亲听了，低着头什么也没有说，只是给姐姐又带了些吃的。

我觉得姐姐欺骗了母亲，我亲眼看到姐姐院子里的流浪狗一天比一天多了，她的家几乎成了流浪狗的集中营，那些狗整天无所事事，吃着姐姐提供的饲料，以及伪军从饭馆里提来的泔水剩菜，像一群流氓，玩得甚是开心。而姐姐固然对不同种类狗的习性有了了解，最终饲料店还是关门了。

日子最艰难的时候，生活的不幸像替母亲惩罚姐姐一样，醉鬼伪军出了车祸，一条腿彻底废了。幸亏姐姐没有孩子，不然母亲将会被愁死。好在，我与哥哥在母亲的张罗下，终于有了一份工作，给一家物业公司当保安，从此走上了曾经被我耻笑的伪军的道路。

姐姐年近四十，这时候再去按摩店，已经失去了年龄的优势。她明显地瘦了下来，胸脯像缩了水，屁股也显得小小尖尖的，脸上出现了很多斑点。她现在只有一条路可走，那就是当一名钉子户。她的理想是得到五十万元的补偿，可拆迁办只给她三十万。于是，姐姐不惜一切代价同诡计多端、如狼似虎的拆迁人员周旋。这时候的姐姐有了母亲的气质，沉默而泼辣。有一次，挖掘机和推土机冲进来将半边楼拆掉了，眼看就要强拆她家的房子，姐姐竟然披头散发衣衫不整地跑了出来，伪军拄着拐紧随其后，他们躺在了地上，像一对疯子，大哭大叫，叫推土机往他们身上开，叫挖掘机挖他们的头，说自己活够了，大骂拆迁人员。这时候，有许多流浪狗相继从城市的各个角落闻声而来，它们站在姐姐的身旁，不停地狂吠，有的甚至跳上推土机和挖掘机，有的伺机要撕咬拆迁人员，全然一副不要命的样子。姐姐人仗狗势，像狗中之王一样，立将起来，更是大骂不止。此情此景，后来被网络广为传播，给社会造成了极大的负面影响。

姐姐在断水断电的情况下生活了一年，整整一年，她与伪军寸步不敢离开自己的房子，生怕前脚踏出门，再回头时看到一片废墟。后来，不知什么原因，拆迁停了下来，她才心有余悸地开始出来上班了。

五

姐姐在一家公司做起了保洁员，凭着一个月 2000 元工资以及伪军的车祸补偿费艰难地生活着，好在他们一直没有孩子。

直觉告诉我姐姐在收留流浪狗的事情上欺骗了母亲。我看得出，姐姐真的喜欢狗，那些流浪狗也十分地拥戴她，他们之间有一种我们无法理解的情感。无论在什么地方，只要姐姐碰上一只流浪狗，她总会停下来，搜寻一点吃的给它。每到夏天，姐姐的院子里狗影幢幢，热闹非凡。冬天来临的时候，院子里的狗则变得稀稀拉拉，这时候街面上的饭馆里就会适时地推出红烧狗肉这道名菜了，这让姐姐心痛不已。

姐姐病倒的消息是伪军传递给母亲的。伪军在街上碰到了母亲，他厚着脸皮说：

"妈，秀——秀跟单位人上了一趟山回来就病了！好几天不吃不喝，也不说话。"

母亲似乎没有听见伪军的话，她弯着腰蹒跚着进了小区大门。其实，母亲的身体是越来越不行了，我首先发现她连锅碗都洗不干净，房子里一天比一天乱了，还常常自言自语，动不动就骂我那死鬼父亲。

姐姐跟单位的人是上山避暑的，我们这里每年六七月份，各单位都会组织员工上山避暑，姐姐跟上去了。

姐姐公司的老板娘养了一条雪白的名叫茜茜的宠物狗，一下车就跳跃着奔向了年轻漂亮的老板娘。老板娘是个大美女，穿着波希米亚碎花吊带裙，戴着韩版蝴蝶结布艺遮阳帽，波浪般的头发垂下肩头，长长的手臂已经张开了，做出一个拥抱与欢迎的姿势。可就在这个时候，姐姐一时冲动，竟然扑上去把这只叫茜茜的狗抱在了怀里。茜茜伸出了小巧玲珑的小舌头，闪电般地在姐姐的嘴唇上亲了一下，让姐姐本来干涩的嘴唇在阳光下突然有了一种陌生的光泽。其实到此为止也就罢了，可姐姐竟然情不自禁地把自己的嘴唇又凑了上去，很夸张地亲了一下茜茜的嘴巴，那声音好响，让人浑身立即就起鸡皮疙瘩。

老板娘的脸色难看极了，司机举着相机，正准备捕捉老板娘与茜茜绿草之上美好的瞬间，此情此景只好无奈地放下了相机，这时，姐姐才意识到自己犯了一个大错。

一时员工们议论开了。

"田秀秀是不是脑子进水了，那狗是她抱的吗？"

"哼，看她那讨好老板娘的样子，快要跪下来舔人家脚指头了！"

当时，有人问老板娘的狗是什么品种，姐姐又一次冲动地抢答了："我知道，这狗叫卷毛比雄犬，有西班牙血统，曾经流行于欧洲皇家宫廷，后来失宠，进入了马戏团，有时跟着街头艺人演出，网上是这么讲的。"

姐姐一说完，像明白了什么，突然捂住了嘴巴。老板娘竟气得语无伦次："我倒了什么霉，今天……"大家一时面面相觑。

"你咋能这样说呢？谁是马戏团的演员，谁是街头的流浪艺人？"

"我，我——"姐姐结巴着，脸烧得通红，一句话也说不出来。一阵凉风吹过，姐姐的身子有些发抖。

姐姐认识到了问题的严重性，她害怕再次失业，她已经有过多次失业的经历了，有些惊弓之鸟的感觉。于是，她一直想给老板娘道歉，可一直没有机会。后来，她去上卫生间的时候，老板娘的司机手指上缠着纱布在给狗洗漱刷牙，一边怨气冲天地骂："一张臭嘴，害得老子洗了好几遍……"

姐姐听到这差一点晕倒在厕所。

半年过去了，寒冷的冬天又来了，我受不了母亲的唠叨，只好去找姐姐，街道上车流如梭，人流如织，一个个面目陌生而冷漠。我走了很久，穿过了几条肮脏凌乱的巷子，终于走到了姐姐家的那个四合院，令我难以想象的是，眼前是一片废墟，所有的房子都已被拆倒，像经历了一次大地震，我惊慌地叫了几声：姐——姐，田秀——田秀，伪军——伪军！四周静悄悄的，没有一声回应。

正在这时，我看到从废墟中钻出了一只小狗来，瘸着一条腿，雪白的毛脏兮兮的，小巧玲珑的身体，可爱极了，仿佛从天上来的精灵，下凡沦落到了人间。它仰起头，一双圆圆的眼睛像两个黑宝珠，目光中隐约透出一丝迷茫与忧伤来，这表情有一种似曾相识的感觉。

跟　踪

1

月亮升上了半空中，照得地面上亮光光的，连塘土里的脚印都看得见。正是瞌睡最浓的时候，我却睡不着。出了门，刚走上崖头，远远地看见一个人从塬边边上来了，沿着出山的那条小路，贴着崖边的阴影，鬼鬼祟祟地进了村子。待走进胡同里时，我才认出是奎娃。他走得大模大样，看得出脚步有些发软，显然疲惫至极。他尽量挺着腰身，自我感觉像长高了许多。实际上，他还是原来的那个"三寸丁"。他保持着这种走姿一直走到自家巷洞口，然后停住身子，迅速地扭头左右看了看，然后滋溜一下就钻进了巷洞，速度极快，与一只老鼠进洞的情形没有两样。那一刻，我有了一个错觉，觉得奎娃就是一只老鼠变的。

"以前咋没有这样想过呢？简直太像了！"我突然有些害怕。

这些年，这只大老鼠一直混迹在村子里，没有一个人发现这个秘密。村子里，有些人的长相，确实能引起人的联想。我常常不由得将他们与一些动物联系在一起。比如丑子像一只兔子，眼睛红红的，身上一直装着眼药膏，过一会儿就拿起来，仰着脸给眼睛里滴上几滴，那姿势像一个醉鬼举着酒瓶子一样可笑。还有路生，活像一只蛤蟆，眼球鼓鼓的，随时都要进出来一样，宽大的嘴巴，说起话来嗓门老高。村子里，有的人长相如猪一般蠢笨，有的人却像马一样英俊，有的人走起路来像牛一样迟缓，屁股后随时像要扑塌下几坨屎来的样子……如果再数说下去，还有些人像稀有动物，比如鳄鱼、大象、长颈鹿，真是数不胜数。比如有人就把我叫长颈鹿，说我腿长脖子细，越看越着气。总之，我总觉得村子里的人与动物牲畜或多或少有些说不清的联系。按迷信的说法，这些人是相像的动物转世而来的。

奎娃的个头比起电视剧《水浒传》里的武大郎来好不了多少，只是比武大郎要白一些，身材相对匀称些。话说回来，他的个头虽小了点，但一点也不影响干农活，比起我来，奎娃干什么活都利索，都干得有模有样。他还会做针线活，不像我连个纽扣都不会钉。

一想起过去的日子，我觉得奎娃除吃的穿的没我多外，什么都比我多，他的会干的活计比我多，他的笑脸比我多。我不知道他对自己的现状为什么那么满足呢，他的心情咋那么好呢？我们俩都没有老婆，我真想不通，一个没有老婆的男人还能笑出声来！这么多年，我一直为没有老婆而苦闷，连做梦都想有一个老婆，可这个世界上没有一个女人能看得上我。我寻思着走出村子去，看能不能碰上一个腿长脖子细的女人，后来我在电视上看到了这样一些女人，她们的脖子和腿好长，也像长颈鹿一样，我想我们肯定是同类。她们走在舞台上，灯光下美艳极了；她们排着队扭着屁股走出来，走进去，一会换一套衣服，一会换一套。我想有一个这样的女人做老婆，可我不知到哪里去找。这么多年，我看到别人同老婆吵架就羡慕，有时忍不住半夜三更去听人家墙根，听男人喘粗气和女人的呻吟，他们合伙制造的那种声音真是太美妙了。什么叫失魂落魄？这就是。一听到这声音，我就感到自己的身子越来越大，越来越紧，就像要爆炸一样的。不过很快就泄了气，变得软塌塌的，浑身没有了一丝儿力气。我梦想着有一天也能像村子里男人一样一边喘着粗气，一边听老婆在身子下勾魂一般地呻吟。可是，这么多年过去了，我同奎娃同病相怜，一直没有老婆。

从小到大，村子里数我与奎娃走得最近，我们一起放牛，一起割草，一起担水，一起晒太阳，我们在一起看猪狗牛羊之间寻欢作乐，我常常看得兴致盎然，奎娃则羞得低下头，脸涨得通红。

记得年轻时，他那双小眼睛机灵得很，时时在转圈，小短腿走起路来带着风声。四十一过，眼球转速明显慢了下来，小短腿之间的风声也小多了，活也干得粗糙了起来，有些力不从心。比如以前他能织好多花样的毛衣，现在，手像定形了的铁钩子，连毛衣扦子都捏不住了。

看他溜进巷洞的样子，我再一次觉得他就是一只老鼠，这真是太可怕了，如果有一天他喝醉了，会不会变回原形呢？许多妖怪只要喝了酒就会现出原形，白素贞就是喝了雄黄酒变成蛇的。对了，我记得奎娃从来不喝酒，好几次参加村子里年轻人的婚礼，他每次都说不会喝，我看是不敢喝！这样一想，我突然打了一个哆嗦，身上从里到外像漏风一样。

2

五六天前，他也是半夜出的门，当时天上黑麻咕咚的，一颗星星都没有。人睡熟了，偌大的村子空荡荡的，像被黑狗吞进了肚子一样。奎娃扛着锄头，出巷洞时，伸出尖尖的脑袋左右看了一下，待侦察到没有人时，才走了出来。他走到胡同里，经过了几棵柳树，躲过了几处土堆，一直向坳里走去。他走得四平八稳，或者说小心谨慎，怕弄出点什么声响，引起狗叫，或被别人发现，待走到塬边上，突然扔下了锄头，像一块大石头一样咚咚咚地跑下了山坡，一直向去省城的方向跑去，屁股后面腾起了一股又一股的尘雾，像晴天飞机划过时留在蓝天上的一道白烟，久久不能散去。

在此之前，他用架子车拉了两袋麦子，去过一趟镇里，回来时腰里面鼓鼓的，我知道他是卖麦子去了。当时，我不明白他卖麦子要干啥。现在，我终于明白，他是要进省城呀！想到这，我又糊涂了，他为什么要进省城？难道省城里头有老婆？我早就听说省城里头女人多，一些有钱人，家里养着好几个老婆，大的小的，他们过着皇帝一般的生活。听说村子里出去的一些女子，都愿意去这些有钱人家里，给他们生孩子、养孩子、洗衣做饭，有时还为陪睡觉争风吃醋呢！听到这些传言，我很气愤，也想不通，老天爷为什么这样对待我们贫苦人，为什么不能公平一点，一人给我们安排一个老婆，为什么有些人打光棍，有些人老婆多得用不过来呢？我还听说，有些老婆被有钱人用得不耐烦了就一脚蹬了。其实，我，我的要求并不太高，别人用得剩下的老婆我也要，如果城里头真有很多被富人蹬了的老婆，我也想去捡一个回来。难道奎娃听到了什么好消息没告诉我？果真是跑城里捡老婆去了？如果是这样，等他回来，我要把痰吐他脸上。

可是，结果你也看到了，他空着两只手回来了，腰里头瘪瘪的，人好像更瘦小了。我知道他把钱花完了。这个狗东西，两袋麦子虽不值多少钱，可他就这么给糟蹋啦？亏他八辈先人哩！在村子里，你打听打听，谁敢这样糟蹋粮食，你糟蹋粮食，粮食就一定会糟蹋你的，我看他将来得饿死在凉炕上。看得出来，他没有捡到老婆，有可能是运气不好，可运气不好总不能把钱丢了呀？我倒是听说城里头有强盗打劫偷窃。以前村子里有，现在村子里也没有了，晚上睡觉大开着门也不要紧，即使有强盗，也没的偷了。偷女人吧，村子里都是些摇摇晃晃的老太婆；偷钱吧，谁的家里头有钱？就算是有钱也是装在裤裆里的，压在枕头下的。再说，如果有两个钱，睡觉都不会太死。不过，要是偷鸡蛋还可能有几个，可现在的强盗都是做大生意的，架势拉得都很大，没有人会瞧得上一两个鸡蛋的。再说了，像我们这样的农村人，一进城，都当叫花子看，看你睡车站，吃剩饭的，谁会想到你腰包里装着钱呢？我这样一想，就觉得奎娃遇到强盗的可能性也不大。

那么钱到哪里去了呢？

对了，莫不是嫖娼了！呀，对呀，我咋没想到这一点呢！一定是嫖娼去了。其实，长久以来，我时刻准备着，也想去城里嫖一次，去尝尝女人的滋味，这辈子也就死而无憾了。听说只要有钱在城里就能找到女人陪睡，如果有很多很多的钱，全城的女人你都能承包下来，站在面前，一排又一排，直到挑花你的眼。其实，我倒没这么大的野心，我只要一个长颈鹿一样的女人，再说了，自己腰包一直是瘪的。我寻思等哪一年大丰收了，我卖掉几袋粗粮去城里快活一回。说心里话，像小麦这样的细粮我还舍不得，也怕到阴间去让老先人责骂。可这些年来，天不作美，大丰收永远是我心中的梦与痛。记得小时候，麦子又厚又高半天割不动，玉米棒子结实得像一个个胖娃娃。可现在，一年似乎不如一年了，家家的粮都勉强够吃，更不用说要卖了进一次城了，这倒不是因为老天爷的问题，主要是人都不愿种粮了，好地都种了果木了。

一定是嫖娼去了，呀，这个不要脸的东西，你不像我，我只一个光棍汉，母亲也去世了，管不上我了，又没有兄弟姐妹，就算是去嫖一次，倒说得过去，也没什么丢人的！可你不一样啊，你收养了一个女娃子秀娟呢！从三个月大养到了十五岁，你再去嫖娼，如果事情败露了，秀娟今后咋活人呢，在村子里还能抬得起头？

我越骂越气，真想上前去给他好几个嘴巴子。

3

　　比起我来，奎娃的命算是好的，我就算有心收养一个娃娃，就算是我身强力壮不怕吃苦，可谁会给我呢？人家都除了长颈鹿外，还傻子傻子地喊我，却没有人喊他是个傻子。其实我是有这个想法的，我虽然没有女人那么大的奶头，可我能养羊，养一头奶羊，那羊奶头还不比哪一个女人的大，还养不活一个女娃子？另外，我虽不会做针线活，可我会编席缚笤帚编蚂蚱笼子，我觉得人笨一点不怕，只要认真学，啥事能难得住呢！加上我能种能割，养不大一个女娃娃？可悲哀的是世界上所有的人都不相信我，都认为我是一个傻子，一点用处也没有。我不相信，如果没有用的话，老天爷会让我来这个世界上？

　　奎娃收养了秀娟之后，也是听了我的主意养了奶羊的，同时，在我的劝导下学着做针线活、缝缝补补。这样一回想，我简直就是他的人生导师。这些年来，他一把屎一把尿总算把女子拉扯大了。

　　奎娃之所以没有老婆脸上都带着笑，那就是因为有秀娟，这是我后头才想明白的。听着秀娟爸爸爸地叫他，他的心就像化了的冰糖水；看着秀娟扑进他的怀中，他的身子都在发抖；秀娟拉下了，他从不嫌脏嫌臭，放下碗马上就换尿布，有时还会用一根小木棍子拨拉开，看看吃下的东西有没有消化；秀娟尿在他的身上了，他还笑呵呵地像得了什么奖赏；秀娟病了，他挖趄子往诊所跑，恨不得替秀娟得病；奎娃自己有病从来不舍得吃药，可秀娟病了，他就买最好的药；秀娟上学后，他天天接送，买本子，买铅笔，给秀娟花钱，眼都不眨一下。有一回我们一起去镇上，回来的时候，他竟然给秀娟买了一瓶饮料，一路上我们渴得嗓子冒烟，可就是舍不得喝一小口润一下嗓子。看得出，奎娃那样子愿意为秀娟舍生忘死、倾家荡产。看到这一切的时候，我就觉得奎娃好幸福，我要是能偷一个孩子就好了。

他为什么没有要一个男娃娃呢？那是因为怕将来娶不了媳妇。现在农村娶一个媳妇十多万的彩礼，以前大家羡慕谁有几条儿，现在都眼红那些有几个女子的人家。想想，有五个女子就是百万富翁了！这道理奎娃也懂，有个女儿就不怕，可以引来上门女婿。到那时，他就坐下享清福了，等着女儿女婿养活他、孝敬他，等着抱孙子。不孝有三，无后为大，到那时，他就算是睡到坟里头也有人给他烧纸了。

秀娟小学毕业顺利考上了初中，上了一年学后，奎娃担心书念得多，要么变糊涂了，要么把心念野了，于是就不让她上了，让回来做饭照顾家，帮着干点农活。可这女子到镇上上了一回初中，真的把心给上野了一样，思谋着还想去上学，经常抱着书在家里看，动不动还收到同学的信。

我记得奎娃第一次吃上秀娟给他做的饭后，兴奋地逢人就说："我秀娟娃手巧的呀，会做饭了么！"

"你就等着招个好女婿，等着享清福吧！"我对他说。

"嘿嘿，嘿嘿嘿！"他高兴得合不拢嘴。

从那以后，他在村子里说起话来声音都大了好多，干起活来都偷着笑。

按村子里的习俗，上门女婿除了彩礼外，结婚前要带一些钱物过来的，比如几万块钱、大彩电、蹦蹦车等等。为了把家里的条件创造得好一些，奎娃申请了四分庄基地，四边打了墙围了起来，那样子万事俱备，只等招婿。现在，全村只有我与奎娃还住在窑洞里，所有的人都搬进了新房。有些人在外打工，一年只有春节才回村子里来，照样修了房。比如春文家，那房修得阔气，大门楼子能进汽车，家里头家电样样不缺，可一家人都在城里，这不，他掏钱雇我给他家看门。本来，我也想申请庄基地，这样看来，我就不想申请了，更不愿修房了。我现在住的不是全村最好的房子吗？有时候我觉得自己住得跟皇帝没啥区别，最大的区别就是没有老婆而已。

奎娃想等过两年秀娟年满十七岁的时候，就给办婚礼，办婚礼前，用彩礼修几间房，然后从窑洞里搬出来，安置一个新家。等将庄基地围起来后，奎娃抽空就到处找石头以便将来修房时打地基用，常常一身泥一身土，有时疯了一样的，手脚磨出血都不知道疼。没有多长时间，庄基地中央已经堆了好多的石头，完全可供修五间房之用了，那些石头从地下挖出来的，个个面目狰狞，鬼头鬼脸的样子，堆在院子中间，像垒了一层又一层的骷髅头，阴森森的。

今年秀娟十五岁，再有两年，奎娃就过上幸福的日子了，这让我好生羡慕。

可是，我想不通，这么好的日子可供期待，他为什么要跑到城里去嫖娼呢？

明天一大早，我要堵住奎娃问个究竟。

4

第二天，太阳红灿灿的，天空像一个大玻璃镜子，照得地上亮堂堂的，我早早来到了奎娃家的崖头。

有一阵子，我真想给过路的每一个人说："奎娃进城嫖娼去了，而且是杲了两袋麦子去嫖娼的！"我想每一个听到这个消息的人，都会大吃一惊，接着便会破口大骂奎娃，比如亏了先人了，想女人想疯了，糟蹋粮食作啥……虽然村子里人少，但都骂起来，他奎娃也是受不了的，他会浑身发麻的，他会后悔的，说不准会被骂得现了原形，钻进老鼠洞的。

我转念又想，这事还没有完全得到证实，就算是有这样的事，看在秀娟的面子上，也不能声张。秀娟这女娃子见了我从不叫傻子，只叫我傻叔，很是有礼貌的。是呀，女娃子今后还要活人的呢，还是不宣扬的好。可我还是气不过，心想我要跟着他，一言不发跟在他身后，观看他心虚害怕的样子，一直跟到他主动交代，毕竟有一段时间我当过他的人生导师！

我没想到奎娃今天起得很晚，平时他起得很早，他是村子里少有的勤快人。我抬头看了看天，太阳都升老高了，我有些不耐烦，难道他没脸见人，还是死在了炕上了！我咬牙切齿地骂。我听说男人干了那事后红光满面，精神头大得很，但如果干多了，就会失了精神气，伤了身子，听说厉害的是要死人的。过去好多皇帝为什么短命，就短在这事上了。我这样想的时候，突然对于没有老婆的事也就不太在意了，现实摆在眼前呀，想想有老婆的人可能会早早地死去，而我有可能长生不老。好死不如赖活着，有什么事比活着更美好呢？

他把那么多钱花光了，看来，他嫖了不止一次，这事完全有可能。不过，我不知道是不是把这几十年来欠下的全补回来了。我等得实在不耐烦了，想大声地喊他，但一想到采取无言跟踪的战术，就强忍住了。我看了看他家的院子，院子右角有一个麦草垛，垛前有好多的鸡屎，垛旁西面靠墙是一个鸡窝。有两只母鸡刺着脏兮兮的毛，卧在窝边打盹，一看就是好几天没吃东西了。院中间有一棵核桃树，地上落了一层叶子。看看这纷乱肮脏的院子，我有些纳闷。平时，秀娟把院子扫得干干净净的，还会洒上水，今天早上却没有。会不会是父女俩吵架了？活该！谁让他做这不要脸的事呢？我要是秀娟，不抠烂他的脸皮才怪呢！

太阳升到崖头那棵杨树梢上的时候，奎娃才从窑洞里慢腾腾地出来，看他那衣着不整有气无力的样子，我恨得咬牙切齿：不要脸的东西！到底出了多少瞎力气！以前再重的农活，也没见他累成这个样子。

他扛上锄头出巷洞的时候，转身抬起头。一看到我，立马就低下了头。看得出，他心里发虚，明显是做了见不得人的事嘛！待他上了崖头，还是一副有气无力的样子，一脸的晦气。看得出，他有些后悔。路边是路生家的红公鸡，脸红得像喝了烧酒，这瞎鸡有疯病，经常趁人不注意就跳起来啄人，光啄人的眼珠子，今天这鸡表现得倒很平静。我发现，奎娃见了这只鸡，知趣地躲开了。他不敢看鸡的眼睛，明摆着这是心里有鬼嘛！

我走了过去，跟在他身后，一句话也不说，看他那瘦瘦小小的样，头发焦死黄拉的，又可怜又可恨，我真想往他的屁股上来上一脚。我想，我就这样一直跟着他，不说一句话，他到哪儿我去哪儿，甚至他去盖塄下厕屎我也要跟着，我不怕臭。这时候就算有人叫我，我也不会答应；哪怕是村子里最漂亮的张寡妇喊我，我也决不回头；就算是有一只狗要来扑着咬我我也不害怕，况且村子里的狗都是我的好朋友，没有一只瞎了狗眼的要来咬我。总之，十头牛也拉不回我跟踪奎娃的决心。我要看着他脸热心跳，后背冒汗，看着他腿脚发软，双膝扑通一声跪倒，然后老老实实地向他的导师交代罪行。我跟在他后面时，没想到他连头也不敢回，也不说一句话，连咳嗽一声啐口唾沫也没有，这进一步说明他心虚得厉害。他低着头往前走，我跟在他的身后，我感觉自己变成了一个警察，正押着一个犯人游街，他显得很是老实，虽然没有五花大绑，但一点逃跑的迹象都没有。经过路生家的房后山墙时，秋林家的狗小跑着过来了，奎娃下意识地往墙跟前躲了一下，也不敢看狗一眼，倒是这只狗用奇怪的眼神打量了一下他，待看到我在后面时，吓得跑远了。我从狗的眼睛里完全看出了奎娃的心虚，哼，连狗都看出了他干了见不得人的事，我越想越气，一阵一阵地捏拳头。

就这样我跟着他继续往前走，我倒要看他要干什么，是去捡石头，还是去刨洋芋？现在洋芋已经成熟了，若再不刨就会让田鼠代劳了。我们俩一前一后，一直往前走，走了一段路，我险些沉不住气，真想上去揪着他的衣领问个明白，然后三下五除二，给他一顿拳脚。可我硬是控制住了，我也不想破坏我们多年的友情，我还是想以和平的方式处理此事，希望他能主动地交代。以前我偷听了谁家的墙根，连偷听到的内容都给他讲，我对他够真诚的了，作为朋友，他不能对我隐瞒这件事。

5

这时，村子里开始有了叮叮当当的响声，担水的人从沟底上来了，上地的人回家吃早饭来了，远远近近能听到风箱舌头的啪啪声响，还有关门开门的声音，院子里掉了盆子的声音，还有一些鸡追狗咬的声音，不过这些声音比奎娃的呼吸还微弱，微弱得基本可以忽略。

我跟着奎娃直直地去了他的庄基地。不就一堆石头嘛，有什么好看的。可他每天都习惯性地要去看一下，好像那堆石头是一堆黄金。我知道，他是急着想修房，尽快地实想他的梦想。可秀娟还没有到出嫁的年龄，女婿连个人影也没有，彩礼就更不用说了，他拿什么修房？我想，他跑也是白跑，只是了心焦呢！没想走进院子时，我们都大吃了一惊，他在院子里堆放的石头一多半不见了。奎娃一下子愣住了，我在他身后完全能想象得出他的脸色比纸还白，或者比凉凉的血还黑。那一刻，我觉得他的心脏停止了跳动，那样子只要我吹一口气，他就能僵直地倒下去。见此情景，我只好默默地倒退了出来。说实话，这是他几年的心血呀！有些石头是从山底下河湾里背回来的，那么重的石头，那么陡的山坡。不知是哪个没有良心的干下的事。站在墙外，我想奎娃肯定要大声骂人的，骂那些偷了石头的贼。这段日子，村子里好些人修房子，都缺打地基的石头，当然准备修房的人，也一样都提前积攒石头。令我吃惊的是，奎娃一声也没有吭，更没有骂，只是默默地站了一会儿，像给死人默哀一样。

看到他丢了那么多的石头，我的心有些发软，就忘了刚才的怨恨，想上前去安慰他几句，同时在心里头替他骂了几句那些偷石头的贼。可转眼一想到他进城嫖娼的事，不知怎的气又上来了，就觉得这是活该，是报应。说实在的，失了些石头算什么，再大也没有失了德行重要，谁让他进城干坏事去呢！事情传扬出去，我看他以后咋做人，咋有脸见人。

出了庄基地，奎娃将锄头换了一个肩膀，直直往坳里走去。我想他肯定是要去洋芋地，因为村子里的人这些天正在收洋芋，基本上就差他家没收了，他日急慌忙地往城里跑，连洋芋都不管不顾了，就那么点洋芋，是过冬的菜呀！另外，每到这处季节，田鼠非常猖獗，难道他连这点常识都不知道吗？

一到洋芋地，我又傻了眼：二分洋芋地像着了贼，地里头被翻得乱七八糟，枯死的洋芋蔓，满地都是，地面上裸露着一些挖烂了的洋芋，还有一些小小的驴卵子一样大小的洋芋。这让我难以置信，怎么会这样！一些是田鼠干的，可大多是人干的！难道有人早知道他干了不要脸的事，半夜里要报复他？

奎娃又一次愣住了，他站了好久，一声不吭，像被施了定身法，双手握着锄头把，做着一个要取下肩头的动作。这时候天虽然亮光光的，但太阳却不见了，这鬼天气说变就变。

这真是太倒霉了，于是，我打算放弃跟踪，想开门见山问他进城的事。正在这时，奎娃突然将锄头高高地抡了起来，狠狠地挖进了地里头，蹲下来大声地号了起来。他这一哭，天地就昏暗了起来，我没想到他竟然越号越伤心，大有止不住的架势。这让我有些受不了，也感到害怕，我从来没见他这样伤心地哭过，我不知他为什么这么伤心，难道仅仅是一些石头，还有这二分洋芋？好像不值得。我担心被人误解，说我欺侮了他，可算是男人间打一架，也不至于这样呀！我彻底被他的哭糊涂了，彻底失去了原则，忘记了仇恨。

　　我走上前去，拉起他："奎娃，你咋了？不要哭了，不就二分洋芋吗？冬天吃菜到我家拿，明年再种嘛！"

　　可我哪里劝得住，他越哭越伤心，越哭声音越大，竟然像一个孩子那样，让人听了有些刺耳，也有些恐惧。后来，他竟然扑进了我的怀中：

　　"娟娟，娟娟跟初中的一个男同学跑省城去了！"

　　"啊！你进城去找了？"我感到自己浑身是汗。

　　"没有找到！她一直闹着要去省城打工，说跟她一样大的女娃娃都进城了，我不想让她去……"他哽咽着。

　　"不要紧，过两天就会回来的！"我感到自己的手抖得厉害，双腿发软，有些扶不住他了。

　　"天呀，老天爷呀！你瞎眼了呀！"奎娃突然发出了撕心裂肺的哭喊，那声音仿佛不是从嘴巴里出来的，而是穿透胸腔而出，几乎要将我击倒。见此情状，我几乎是使了全身的力气，紧紧地把奎娃抱住了，那样子像妈妈拥抱一个孩子。

B 型血

1

早上一出门，天地之间的气氛就有些异样，虽然没有乌鸦呱呱呱崖头树上报丧，我已经感知到村子里死了人。

"对，一定是死了人，阴气重得厉害！"

天空像谁在玻璃上哈了一口气，灰蒙蒙的。地上落了薄薄的一层雪。这是立冬后的第一场雪，只是有些寒碜，半夜里偷偷下的，天老爷像是做了什么见不得人的事。其实，我喜欢搅天风雪，喜欢没膝的大雪，一想到这样的天气，我不由得就会想雪景天山路上穿了红棉妖的新媳妇，以及身后悠扬的唢呐声。活了半辈子，我一直梦想着有一天在雪景天娶媳妇，可没有人愿意跟一个打墓的人结婚，都觉得我身上秽气，阴森森的。每每想到村里人嫌恶的眼神，我就想杀人，虽然我至今连一只鸡都没杀过，可这杀人的念头像蛇芯子一样，在心里头总会忽闪忽闪的，我觉得心里盘着一条毒蛇，时间很久了。

有一次，我对矬子文奎说："我想杀人，奶奶的，我想杀人哩！"

"嘿嘿，你抓只鸡浑身都抖得筛糠似的，你能杀人！"

"我能，我就是找不到目标！"

"你把张寡妇杀了得！"他吐了一口浓痰，"这个不要脸的女人，啥男人都让上炕！"

我咬了咬牙，做出犹豫不决的样子，我想，好歹我也上过张寡妇的炕，说实话，她人虽丑陋，那身子还是绵软的，一爬上去，整个人就像要被化了，越来越小，越来越软……说实话，我喜欢张寡妇，喜欢听她在下面狗一样难受地呻吟，如果没有了张寡妇，村子里哪里还有畅快的去处？

文奎看了我一眼，有些不屑："要不你把老驴头他爷杀了算！这老不死的，活着是个拖累，往炕上尿，往炕上拉，已经活瓜（傻）了！"

我想了想，顿时豪情万丈，浑身就透出了行侠仗义、为民除害的英雄气概。这时，我想到了多年前曾饿晕在山路上，是老驴头他爷把我背了回来。那时我父母双亡，寄养在叔叔家，叔叔家也是吃了上顿没下顿，常常指望我从外面偷一些吃的回来。想到这，我就泄了气：人总不能恩将仇报吧！

"看你那个熊样，还没有杀人，手心就出汗了！"文奎一脸的嘲笑。

我松开拳头，看了看，果然手心里汗津津的，我对这个小矬子投去了敬佩的目光，虽然他个头小，可脑瓜子还是灵光的。

"我还是想杀人，我晚上睡着了，做梦都在杀人，拿着刀子，可就是找不到要杀的人！"我的牙疼病又犯了，半边脸肿得老高，我吸溜了一口凉气又说，"我现在觉得外面天天都在杀人，喊声震天的，像比赛一样，可我就是没机会杀人么！"

"要不，你把我杀了，练练手艺，我也活够了！"

"啊，你也活够了？"我心里想，不就是没占上张寡妇的便宜嘛！我打量了一下他的身高，想想要是他爬上去……突然笑出了声。

"你带刀了没有？"他一本正经地问我。

"杀人还需要刀子吗？"我说出这句话，就觉得自己的智商并不比矬子低，一时就自信了起来，"除了刀子，镢头能将人的脑浆砸出来吧！绳子能将人勒断气吧，水能把人淹死，土能把人压死，农药能把人毒死……自古到今，杀人的方式五花八门，数不胜数。如果你能同张阴阳说上话，你去问问好，他上知天文，下知地理，古今中外，无所不通。"

我仰着头滔滔不绝，大有停不下来的架势，等低下头时，发现矬子文奎已经走了好远。我便咬了咬牙，真想追上去飞出一脚踢死他。

我在院子里立定，环顾了一圈，发现狗卧在麦草垛下，将鼻子伸到裆里头。草垛前还有几只母鸡，闭着眼睛单腿打盹，靠厕所边的杏树早已落光了叶子，树枝刺在半空中，迎风呜呜地响，像谁在号丧。

"到底死了谁，谁的阴气这么重，像是一个冤死鬼！"

我得出去打听打听，可能的话马上就有一桩生意来了，我稍稍有些兴奋。天寒地冻的，村子里尽是些老弱病残、妇女娃娃，还有谁比我有力气，能挖开一方墓坑呢？有些人瞧不起我，他们对修房上梁的工匠尊敬有加，唯独对这打墓的人用下眼看，总觉得这只是一个吃苦下力气的活，没啥技术含量，更谈不上什么文化。其实给活人修宅子与给死人打墓穴都是一件神圣的事，马虎不得。打墓前，要请阴阳先生选日子破土，破土一般由孝子承担。破土前要给祖坟的每个坟茔烧纸。烧纸后，长子长孙要按照阴阳的吩咐，在已定墓穴处开挖第一锹土，并将其放到阴阳指定的位置，下面垫以红纸，将第一锹土放在上面，等下葬后，把这锹土倒回到新起的坟丘上。墓穴的深度一般在两米五左右，前面还要掏挖一小穴，用以放置衣饭罐。墓穴底部必须平整，下面还要铺以黄沙，这叫着"铺金"。铺上黄沙后，要将踩在上面的脚印除去，以免鬼魂跟随。这一点没有人比我有经验，我可以跨着墓两壁，将身子悬起来，把下面的脚印除去。

　　我虽然没有罗盘，不能像张阴阳那样"寻龙点穴"，按照山脉地气，堪舆而定；但张阴阳关于墓地的一些学问，尤其是别人听不懂他那叽里咕噜的念词我早已了熟于心。我想如果张阴阳一朝升了天，以后村子里定墓划穴的事还不是我说了算，那时候，我就不会再出这让人瞧不起的苦力气了。

2

　　如果能做成一笔生意，就可以阔绰几天了。一时，我的心里头涌动着难以形容的幸福感。我想到了张寡妇："对，何不去找张寡妇，与这老娘们开开心，不知她把炕烧热了没？"

　　我这样一想，下面就急吼吼的了，急不可耐地挺起来了。我一想到钱，就有些吃不准，如果让张寡妇赶出来，我还在村子里活不活人了！我好歹也算个手艺人，虽说打墓这行当社会地位并不高，可物以稀为贵，村子里现在只有我一个人能干这事。想想这世上谁人不死，谁死了不入土，入土就得请我打墓，说好听一点，我现在做着独家的买卖。现在不比过去，村子里出去打工的人都挣上钱了，回来办个丧事，都攀比一样，你请一两支唢呐，我叫一班乐鼓，你请一台皮影，我请一班歌手。那些乡村女歌手，别看长相没有电视上的明星漂亮，可嗓子一点也不输她们，有时也表演一些特别节目。我听矬子文奎说在郭庄就看过脱衣舞表演。那天晚上我不知干啥去了错过了，听着矬子绘声绘色地讲，我的心都快跳出嗓子眼了。

　　话说回来，虽说钱还没有到我手里，可不就是这一两天的事吗？再说，我从来都是一个讲信用的人，平时对张寡妇出手都是很大方的，加上干什么都舍得力气，有时不免晚上偷些吃的带给她。当然了，张寡妇对我的回报也很丰厚，对我全面开放，高山平原沟壑峁梁任我穿梭，配合的呻吟也十分销魂。

　　不过，最近听说张寡妇生意不太好，不得不抽空跑到外面去挣钱，实在叫人心疼。想想一个女人，男人在煤矿上出事后，留下一个儿子，这么多年娘俩相依为命，真不容易。现在这儿子去了三十里外的县城上高中，她盼星星盼月亮，盼儿子考上大学。光宗耀祖不说，起码做个城里人，活得体面一些。现在供一个学生不容易，学杂费不说，光伙食费就是一笔不小的开支，有的学生还上课外辅导班，除了课本外，还要买辅导材料。张寡妇为了钱宁可白天晚上不睡觉，不间断地接客，不停地呻吟。有人说张寡妇的呻吟全是装出来的，我一点也不相信，她能装得那么好听，那么销魂，说夸张一点，那声音简直能杀人。

　　想到这儿，我摸了摸干瘪的口袋，想人家张寡妇那么困难，就是赊账也得象征性地付几块钱，不要让她有受骗的感觉，不要觉得这个世界上全是坏人，至少还有我这个好人嘛！我有些不好意思去找张寡妇，可男人这个念头一起，比杀人的念头还难抑制。

　　"去给张寡妇说说，这两天钱一到手，立马送给她！"我听到有另外一个声音在对我说。眼看生意到了，冬天挖一个墓穴至少也给一百块钱，大不了我给她多加十块，三十一晚，这样的好事，我不相信她不答应。于是，我又快活了起来，仿佛已经听到了张寡妇销魂的呻吟声，看到了她白花花的身子了。

　　我咽了一下唾沫，上了崖头，径直向张寡妇家走去。虽然这时寒气逼人，但我觉得浑身热血沸腾，身子膨胀了很多，感觉自己成了村子里最高大最雄伟的男人，甚至连路边的树，不远处的房屋都觉得低矮弱小，不堪一击的样子。好久都没有这种感觉了，想想张寡妇家的土炕，其实烧没烧热倒成了次要的事，现在倒是要考虑她家的炕结不结实。

　　正当我行走在通往幸福的大道上时，突然碰到了五奎挑着一担水从沟里上来了。

"他怎么回来了？天哪！"我几乎快要惊叫起来了，后背凉飕飕的，刚才的热情与幸福顿时消失了大半。

五奎曾是村里最强壮高大的男人，我走到他跟前，就如同一匹马与一头骆驼那样的差距。以前在村子里时，他也给别人打墓，后来村子里人越来越少，他觉得生意太过清淡，就进了城，有人说他进城后改了行，去了火葬场推死尸。

难道城里的生意也不好？不应该呀！我虽然不在城里住，可我能听到城里的声音，整天打打杀杀的，没有一天不死人的，按理生意应该不错。不像村子里，有时半年都不开一次张，我恨不得偷偷去杀人，然后再被请去打墓。我算是活明白了，只有挣些钱才能找到幸福感，找到活着的乐趣，他妈的，没有钱人活着还有什么意思！

五奎回来了，我还能做这个生意吗？我还有好日子过吗？难道他在城里感觉到村子里死了人？打过墓的人都有这种预感。我越想越害怕，不由得就停下了脚步，站在了路边，自觉地给五奎让路。

"回来啦！发大财了吧！"我十分恭敬地问。

五奎看也没看我一眼，挑着水就过去了，我气得想啐一口，口水含了一嘴却不敢吐出来，恨不得有一把刀子从他的后背捅过去，从胸膛里捅出来，我想看看他的血是红的还是黑的。

"还是打听一下，谁家死了人，早早地承揽下打墓的活要紧！"我庆幸头脑还清楚，于是打消了去张寡妇家寻欢作乐的念头。

3

到哪儿打听去呢？

以前，五六十岁以上的人死了都算寿终，也叫"喜丧"，现在标准提高了，七八十岁的人死了才算是寿终正寝。一般情况，老人在去世前多少都有些预感，儿孙们也都会从城里回来，日夜守候送终，这时候要置办老衣棺木，这两件东西一般都在六十岁左右置办，现在都有卖现成的，也省去了一些麻烦。可是，这些天没有见到有人买老衣、买寿材呀，我突然有些怀疑自己的感知能力了。

"绝对不会有错，一定是死了人！"我吸了一大口气，细细地体味了一番，"没错，一定是死了人！"

一般停尸后，要叩头悲声痛哭以号丧。另外，生鬼上路要经历许多坎坷，要过恶狗村，闯圪针林，登望乡台，涉两界河，过奈何桥，喝迷魂汤，等等，一定要烧一些下炕纸以金钱贿赂索财的小鬼……我既没听到有人号丧，也没有闻到烧纸的气味，这到底是怎么回事？另外，老人亡故后，大门外肯定是要吊上"通天纸"的，死者为男，通天纸悬于大门左侧，如死者为女，则悬于右侧。这通天纸也是有讲究的，一般用老白麻纸折叠，首尾相剪，连缀成链，按亡故老人的岁数，一岁一张，天一张，地一张。我望了望村子上空，空荡荡的，只有一些稀稀拉拉的树梢，没有看到挂起来的通天纸，这让我又一次对自己的预感产生了怀疑。

也许，很快就有人哭起来，烧起来，吊起来的，当然还有请阴阳画符、报丧送孝、订纸火、搭灵棚、砍引魂幡、请办事人……这些必不可少的活动。要是等这一切都明显地忙起来，村子里有了办丧事的气氛后，墓恐怕早就打好了。

想到这儿，我转身就往狗子家的羊圈门口走，那里是村子里的懒人摊摊，整天有一堆老汉在太阳下闲聊，发布村子里以及从村外传来的最新消息。我得去看一看，一则听听新闻，另外，如果哪一个老人今天没出席懒人摊摊的新闻发布会，去世的人有可能就是他。这样，我就得赶紧就去他们家。现在形势变了，五奎一回来，就再不能做独家生意了，再不能等着别人上门请了。我想，就算是便宜一点，哪怕是白打一方墓穴也不能让五奎抢了生意。我一边走，一边恋恋不舍地向后张望，不知张寡妇在不在家。

太阳还没有出来，天气阴沉得更加厉害了，那样子是要下大雪的，我紧了紧掉了皮的人造革夹克，急忙往懒人摊摊赶。下了胡同，过了涝巴，远远了就看到了懒人摊摊有好些人，明显地比前几天的人少了，这进一步证实了我的预感。我加快了脚步。距懒人摊摊还有四五十步的时候，我放慢了脚步，装出一副若无其事的样子。我知道大家都不愿意搭理我，如果我走进懒人摊摊，他们有时会散了摊子，有时闭着嘴巴什么也不愿说。

距懒人摊摊还有十多步的时候，我脱下了鞋子，一边佯装倒鞋子里的石子，一边观察他们中间少了谁，看来看去，好像谁也没有少，似乎还多了几个人，这让我感到纳闷，远远地看明显就是少了人嘛，走近了没想人更多了！人群中有矬子文奎，我看了矬子一眼，呸——吐了口唾沫："难道在这个村子里，矬子比我的地位还要高？啥世道嘛！"

老汉们个个神情怪异，张着嘴，露出烂糟糟的黑牙，小声地说着什么。最让我惊奇的是张阴阳也在里面，这让我有些绝望。想想，张阴阳在里面，说明村子里就没有死人，要是死了人，首先张阴阳应该忙起来，应该在亡人家画符，张罗着往门楣、窗框、房梁上贴，或者忙着写讣告，或者念念有词，掐掐算算，对照罗盘，察看风水，寻龙点穴，怎么会在这里闲聊？看来，我的预感彻底失灵了，如果这样，我今后靠什么吃饭？此情此景，令我绝望至极，我一时把持不住竟跌坐在土里了。

这时，矬子在人堆里看到了我：

"傻根，坐土里做啥呢？"

"你少管，我爱坐，我坐的又不是你们家的地！"我没好气地说。

他快步走出了人群,来到我的身边,附在我耳边说:"你的生意来了!东贵家的儿子死了!"

我一听,惊得一下子就站了起来。

"胡说,娃娃去年才考上大学!"

"不信算了!"矬子拧身又走进了人群。

我愣了半晌,看一堆人窃窃私语的样子,想多半这是真的了。这时我才明白,我对死亡的感知能力一点也没有减退。只是让人不解的是,一年前刚刚考上大学的年轻娃娃,怎么就死了呢?东贵只有这么一个儿子,两口子拼死拼活地在城里打工,有几年过年都不回家,不分昼夜地在挣钱,四十出头,头发也花白了,腰也弯了,累得眼珠子快要迸出来了。娃娃在家跟奶奶一起过,但这娃还是争气,考上了大学,大家都说东贵两口子这些年的苦算没白受。可谁能想到,孩子突然没有了,这到底是怎么回事,我宁可相信矬子是在骗我。

"天下有那么多该死的人不死,却让一个娃娃去死,老天爷,你造化了人又作弄人,为啥哩!"

4

我鼓足勇气,走了过去。张阴阳在,大家就不会害怕我的,纵使我身上带着鬼气,这鬼气也会因为张阴阳的在场而消失得无影无踪。

果然懒人摊摊没有散去,他们的谈话也没有终止,他们的神情专注,似乎没有人意识到我。

"东贵媳妇当场就哭晕过去了!"

"东贵也垮了,头发一夜之间全白了!"

"这么大的事,搁谁头上都受不了!"

"出事时,东贵两口子还在内蒙古下苦呢,两口子周身的病,硬撑着不看，东贵腿疼得直起来弯不下去，弯下去直不起来，这下……"

他们你一言，我一语，都唉声叹气地议论着这事。我听得云里雾里的，不知出了什么事。可以确定的是，东贵的独生儿子，上了大学的独生儿子真的出事了。

"他爸他妈供他不容易哩，他杀人时咋不想一想大人的辛苦呀！"

"人到了气头上，哪还管那么多！"

果然是杀人了，我越发对自己的感知能力产生了自信，是的，我一直感到城里头天天打打杀杀的，天天发生流血事件，没想这很快就证实了。

"听说当街捅死了那个女的，还有那个女的新找的相好！"

"杀得好！"矬子突然说，"谁让她变心呢！"

"听说她和东贵家的娃在高中时谈得好好的，一上大学就变心了！"

"没一个好东西，婊子！"矬子咬牙切齿地骂出了声。

在我的印象中，东贵家的娃，黄脸，头发不多，身子单薄得很，也不爱说话，见了大人常常脸红，没想到能杀人啊！看来，这杀人与身体强不强壮、与有没有凶器一点关系都没有，关键是有没有杀人的心，这杀人的心就像炮仗，只要有人点就能爆炸。

"他杀人后，鲜血溅了一马路，后来他又把自己杀了。"

"听说是把自己的咽喉割断了！"

"不是，好像是刀子从胸口捅了进去！"

"不是，听说肠子都划拉出来了！"

…………

"这娃气性这么大！"

"你忘了，他爷是怎么死的？"

我也想了起来，东贵他爸是喝农药死的，当时好像是因为借钱的事与堂兄吵了起来，为了给东贵娶媳妇，曾借了堂兄钱，后来分几次还的，堂兄说没还完，他说还完了，两个人赌咒发誓地吵了一架，回家后气不过，半夜就喝了农药！

这时，我听到王大夫说话了："爷孙俩都是 B 型血！B 型血就是爱杀人。"

王大夫在医学院进修过，他在村子里的地位与张阴阳不差上下，我们都把他当科学家对待，奇怪的是，他常常喜欢与张阴阳聊天。

…………

"下午娃娃就拉回来了，你无论如何也得去给走一圈坟，禳治禳治一番！"有人对张阴阳说。

张阴阳说："下午一定去，一定要去一下！"

我晕晕乎乎地出了懒人摊摊，感到天旋地转，眼前到处是血，有一把刀子一直在眼前晃啊晃，一会儿朝我的咽喉飞来，一会儿朝我的胸口飞来，一会儿朝我的肚子飞来，让我躲避不及。

我顺着胡同往上走，不由自主地往山洼边上走，我知道，横死的年轻人是不能入祖坟的，也是不请阴阳先生看风水的，随便挖个坟坑埋了就行，甚至连纸火都很少烧。果然，在距张寡妇家不远处的山洼里，我看到有一个瘦瘦的身影正在吃力地挖墓，那不是五奎的身影，看背影是东贵。

风雪大了起来，我被吹得东倒西歪，但我还是拼力地向东贵走去。

纸　人

　　天蒙蒙亮，我挎上背篓，扛了锄头准备出门。妹妹从屋内跑了出来，她将额头的一绺头发捋到耳后，怯怯地问我：

　　"二哥，你不会也跑城里去吧？"

　　我鼻子一酸，真想把妹妹搂在怀里。妹妹比我都高了，她是在担心我。"放心吧，翠翠，怎么会呢！过几天，爸爸妈妈，还有哥哥都会回来的！"我笑着向她努了努嘴。

　　妹妹眨了下眼睛，有些半信半疑。妹妹的眼睛真好看，里面有两汪泉水："那我去做饭，早点回来吃饭呀！"十五岁的妹妹出落得桃花般娇艳，她已经顶替了多年没有回家的妈妈，操持着我们的一日三餐。

　　"我去收拾些柴草，很快就回来。"

　　爷爷说马圈沟曾经是古代的战场，上辈人曾淘出过文物的。这些年，游家洼人一遍遍地在马圈沟翻寻，除了些破铜烂铁，几乎什么也没找到，便成群结队地去城里了。

　　我萌发了去马圈沟再找一找的念头。谁能保证不会看走眼，如果真能找到了一件文物，卖了钱，说不准会替爷爷还清李大头的账呢！我们全家人，甚至全村人都知道，还款的最后期限是今年的九月初十。污水嘴说，如果我们游家还了李大头的账，我奶奶也会回家的。

"你奶奶可是个大美人！"污水嘴流着口水说。

我从未见过奶奶，也理不清他们上辈人的恩恩怨怨，我只是恨我的爷爷。污水嘴说我爷爷年轻时为了名利与梦想才酿成了大祸，爷爷的这笔债多少年像大山一样压得我们喘不过气来。

哥哥曾是我们家的希望，他是爷爷真正的传人。从我记事起，大我五岁的哥哥就能唱得一手好秦腔，念唱做打均见功夫。爷爷五十八岁那年的夏天，带着九岁的哥哥去西安参加过一场秦腔比赛。有人骂爷爷想出名是想疯了，实际上爷爷就是为了推广他编写的现代秦剧《白衣圣人》。听人说当时爷爷唱到半道，突然口吐鲜血，倒在了台上。哥哥惊叫着跑上台去，将爷爷扶将起来。爷爷跪在戏台上，求评委让哥哥代他唱完。后来，哥哥与爷爷同时得了奖，《白衣圣人》没有推广成，哥哥却一举成名。关于爷爷吐血的原因，有人说爷爷急于表现，用力过猛；有人说爷爷看到了台下评委席上风韵犹存的奶奶，以及奶奶身旁的李老板。那次比赛后，四邻八乡，红白喜事，总能见到满面春风到处走场子的哥哥。然而，时代变化真大，戏班子很快被一台录音机代替了，而现代歌舞演出队成了红白喜事的热门。那些歌舞队的少女，穿着超短裙，像一只只肥嘟嘟的鸭子在红色的舞台上扭着屁股。台下的男人们个个变成了呆鹅，他们奋力地伸长脖子，睁大眼睛，连口水流下来都浑然不觉。

渐渐地，我对哥哥的期望化为泡影。

我知道哥哥忍受不了被冷落的现实，要不是爷爷，他早就到热闹的地方去了。

哥哥是在爷爷过了头七后，半夜离开游家洼的。临走时，哥哥情绪高涨，显得十分兴奋，他好像一点也不担心我与妹妹的生活，仿佛城里头有更大的戏台等着他。他说是要进城去，给城里人唱，要唱到中央电视台，要把爷爷欠的钱挣回来，要给我们创造一个衣食无忧快乐幸福的未来……他还大骂现在的农村人不懂艺术，那样子是在说他是一块玉被扔进了瓦砾当中。说到激动处，哥哥眼里迸出了泪花。哥哥临走时的神情与话语，让我不由得想起了多年前父亲离开时的那个夜晚，当时父亲的脸色比窗外的天空还暗。我看得出，哥哥已经迫不及待了，这让我产生了怀疑，我觉得哥哥是在撒谎，他那样面红耳赤的，心里头一定是想着张三贵家的小莲。小莲十八了，比哥哥小三岁，像一棵带着露水的青草那样动人，她在前几天也进了城。

出了大门，天已经大亮。我往巷道出口走，路过拉成家的门口时，看到拉成的爷爷污水嘴仰头看星星。听到了我的脚步声，回过了头，吐了一口浓痰问我：

"碎娃，这么早就找宝去？"他眯缝着眼，头顶上几根可怜的白头发在晨风中起伏着。

我突然脸红了。心里骂道，没廉耻，老不死的，整天就知说三道四，打探别人家的隐私。

"我，我，我去收拾些柴草！"我吞吞吐吐地说。

污水嘴嘿嘿地笑了一声，又吐了一口痰，突然说：

"碎娃，还有半个月，你爷欠李大头的钱就到期了，要是挖不到宝，我看得把翠翠卖了！"

污水嘴话还没说完，啪——啪，就挨了两个嘴巴子。当然这不是我打的，是傻子二娃，他像是从天而降。污水嘴一个趔趄，差点栽倒。我忍不住想笑，还没有笑出声来，傻子二娃就说：翠翠迟早是我媳妇！谁敢卖了她！

我听了，打了个寒战，脸也唰地红了，似乎那两个嘴巴子是打在了我的脸上。

污水嘴捂着嘴巴，斜了一眼牛高马大的二娃，佝偻着身子悄没声地进了他家的院子。走到院子中央，一只公鸡正追着一只母鸡跑，污水嘴拾起一根棒子，扔了过去。墙角有好几只鸡在打眈，一时鸡毛乱飞，一股鸡屎味就扑出了大门。待我扭过头来时，发现二娃正对着我傻笑。

我蓄了一口唾沫想吐出去，看到二娃裸露的膀子却咽了下去。

巷子两边的十几户人家大门紧锁，锁子上一层红锈。他们都是这几年相继离开游家洼的。走过碾麦场，长了黑苔的墙角有几摞紫苏秆和麦草垛，紫苏秆仍然散发着好闻的油籽味儿。虎成家的两只鸡，爪子一下一下往后刨，尖尖的嘴不时地在麦草里啄着。经过村小学时，我看到铁皮大门脱了漆，显得斑斑驳驳，里面静悄悄的，这让我十分怀念上学的时光。那时候，琅琅的读书声响彻在村子上空，像一群群嬉戏的鸟儿。后来，学生们一个个跟着大人进了城，老师们整日坐在教室门口晒太阳，像寺庙里的和尚。没多久，学校就关了门。

我不知道城里头有什么引诱着村子里的人，爷爷在城里闯荡了大半辈子，不还是回家了吗？

爷爷病倒的那几年，我常常天不亮就跑到出山的路口，对每一个进城去的人说：见到我爸游水，请转告他，我爷爷游山快不行了，请尽快赶回来见上一面。听到这话的村里人，总会意味深长地叹一口气，然后头也不回地就走了。望着别人冷漠的后背，我总要再央求一句：一定记着啊，别忘了，真的，我爷爷真的不行了，痰里头全是血，王大夫说过不了这个冬天，他整夜整夜地咳，快要把心咳出来了……

也有的人背过身就骂：游家都是些逛种！游山逛了半辈子，逛不动了回了游家洼，这游水不知要逛到什么时候，过年也不回家，留下几个孩子受罪，这真是作孽！

是的，我爸游水离开游家洼已经五年了，而我的母亲黄菜花已经八年了，他们至今都杳无音讯。听哥哥说他们都是为了还爷爷的债进城去了。去年鸡换回村过年，他对别人说，在城里看到了卖凉皮的母亲："黄菜花虽然头脸包着头巾，但眼睛我认得清，黄菜花长了一双好看的花眼睛！"还有福换，在小学留过三级的游福换，他对人说在煤矿上看到我的父亲游水："整个人又黑又瘦，看眼睛才知是个活物，嘴巴一张，两排白牙。狗日的，不知怎么回事，这游水的牙怎么会那么白呢！"

听到这些消息时，我感到幸福极了，我觉得我们的生活有了盼头。我想，总有一天父亲与母亲会回来的；总有一天，我们会还清爷爷欠下的债。等债还清了，我的奶奶也会回来的。有很长时间，我每天都会做一家人团圆的美梦：父亲呛人的旱烟味中，翠翠偎在母亲的怀里，幸福极了，爷爷的病也好了，盘着腿坐在凉席上，教哥哥练习腿脚的功夫……父亲吐出的烟雾越来越多，笼罩了整个院子，很快就看不到每个人的面目了，包括我一直想看一眼的奶奶的脸。每每我从梦里醒来时，爷爷急促的呼吸以及难以抑止的咳嗽声，令我浑身发凉。

我现在依然清楚地记得父亲离开时的情景。父亲说进城去要挣钱替爷爷还债，更重要的是把我母亲要找回来。他说我们兄妹三人可以没有他游水这个爸，但不能没有黄菜花这个妈的。我与妹妹舍不得离开爸爸，哥哥却在一旁打着隆重的呼噜。妹妹含着泪说，你把我妈找回来，再也不要打她好不好？父亲点了点头，脸上的表情十分难堪。那意思是他没有打过我妈，或者说男人打女人那是天经地义的一件事。

在我的记忆里，有很多个晚上，我都能听到母亲痛苦的呻吟，有时像掉下悬崖了一样大声惊呼，有时像被狼追赶一样上气不接下气。有时候，她的肉体被父亲击打得啪啪作响。父亲常常跟上一些皮影戏班走村串户，有时一连好多天不着家门，每次回来就要虐待母亲。母亲白天要下地干活，要给我们一家老小做饭，已经够辛苦了，我不明白为什么父亲还要这样对待她。父亲走村串户挣不了多少钱，经常是两手空空地回来。我很少见父亲笑过，有时候父亲与母亲一天难得有一句话要说，他们像陌生人一样。有几次，父亲从外面回来，摇摇晃晃地拎着个空酒瓶，大声地叫骂让母亲给他洗脚。

终于有一天，母亲忍无可忍了，趁我们不注意的时候逃出了家门。母亲逃离的那天早上，天阴沉得厉害，像蒙上了一块又臭又脏的抹布。整个游家洼显得异常寂静，空空荡荡的。彼时，我的心同整个游家洼一样也空空荡荡。妹妹哭得眼睛红肿，父亲埋头大睡，又像喝醉了一般。哥哥黑着脸，仿佛母亲的出走给他丢了人。我想我是会哭的，不知为什么却没有流一滴眼泪，没哭出一声来。

我在马圈沟畔上坐了一会儿，沟底的树林里有几只锦鸡跳了出来，长长的尾羽，闪着五彩的光，甚是好看。它们看到我后惊慌地扑棱棱飞过了树梢，像是翻了个跟头一般地掉进了林带中。我从身边随手搬了一块土块，使劲地扔了下去，跟树林还有一大截距离，土块在空中像是碰上了什么一样，一头栽了下去。我又搬起了一块，却突然不想扔了。我起身顺着马圈沟的平坦处一点点地搜索，时不时地挖几下。有几次，我的眼前出现了幻觉，我看到了一堆金灿灿的元宝，还看到了几只装满钱币的陶罐，可当我锄头放在一边，兴奋地蹲下来时，要么是一堆风干了的牛屎，要么什么也没有。这让我很是气愤，像是遭到了谁的作弄。我闭上眼暗暗地祈祷，希望在我睁开眼时看到宝物，可当我睁开眼时，四周荒芜一片，原野里静悄悄的，连一声鸟的叫声也听不到。

这时，我睁开眼，远远地看到了爷爷的坟，坟头上的引魂杆上挂着套了玻璃罩子的煤油灯。四周空荡荡的。爷爷没有等到父亲的归来，也没有等到催债人李老板，更没有等到我奶奶回来。村子里没有几个人前来为爷爷吊丧，他的丧事办得简单极了，像我们兄妹三人的泪水一样简单。

　　说实话，爷爷的死对我们兄妹三人而言是一种解脱。我们的生活里将再也听不到那没完没了的咳嗽声、吐痰声。我与哥哥不用再轮流给爷爷端屎接尿，妹妹也不用再天天为爷爷洗洗擦擦。是的，我们怀着异常轻快与复杂的心情把爷爷埋在了马圈沟旁的后梁上。墓穴背靠一丛树林，桃树、杏树、核桃树、梨树、柳树，每年夏天这里花红柳绿，蜂蝶萦绕，很是美好。墓穴的正对面是龙王村，与我们游家洼隔着一条细柳河。墓穴的位置是爷爷生前就看好的，我与哥哥对此有些不屑。是的，我们都恨透了爷爷，如果不是他这个被无数人唾骂的游山，我们的日子不至于这样艰难。我亲爱的妹妹，那么漂亮的妹妹不至于穿得这样破破烂烂。

　　爷爷在死之前，他多次曾用愧疚的眼神望着我们兄妹三人，他的目光每每扫过妹妹的脸庞时，脸上的表情总会出现微妙的变化。他无数次地叮嘱我们要好好练功，唱、念、做、打，他说只要唱得好，有一门手艺在身，总会有出头之日的。我知道他是非常希望妹妹学戏的，可是妹妹一点也不喜欢秦腔。妹妹常常抱着爷爷那台旧录音机听流行歌曲，有时也看家里的那台大屁股电视机，她最喜欢看中央三套，那里面有个叫阿宝和王二妮的，经常在舞台上声嘶力竭地吼，可妹妹并不喜欢王二妮，她只喜欢王菲，就是那个唱起歌来像念佛一样的女歌星。妹妹听到王菲的歌声，有时会情不自禁地流眼泪。妹妹说她一点也不喜欢秦腔，太吵了。实际上，我也不想让妹妹学戏，不愿将来别人戏子戏子地喊妹妹。我自知是个矮巴子（侏儒），遇到人群躲都躲不及，更不敢登台亮相了，上了台只能是别人嘲笑的对象。

　　太阳已经老高了，我仍然一无所获。这时，我突然想到了妹妹，接着又想到了二娃，便紧紧地握住镰刀把，快步地往回赶。到了村口，远远地看到十多个人围着一辆小汽车，一时有些紧张。我担心李老板的人突然来讨债。村子里很少见小汽车，小汽车都是有钱人或当官的人坐的。难道村子里出去的有人发了财或当了官？不可能，如果有，污水嘴早就宣扬开了。也许正是李老板的人，我想躲了起来，可一想到妹妹，就鼓起勇气走了过去。

车上抬下来了一个人，全身用白布包着。还没有等我明白怎么回事，丑子奶奶，这个快八十岁的老太太头发纷乱，扑天抢地地从巷道里哭了出来：我的大孙子呀……周围的人见状，放下了白布包着的人，赶紧去扶老太太。我突然明白：丑子出事了！

丑子对谁都和气，脸上时常带着笑，给人家帮忙从不惜力气。这么好的人却……我的心提起来又放了下去，扑通扑通的。我听到污水嘴在小声地给别人说，丑子是从楼顶脚手架上掉了下来摔死的！听到这句话我的腿突然发软，一步也迈不动了。我顺势坐了下来，将背篓与锄头顺墙角立了。此时太阳白花花的，眼前人影晃动。丑子爸妈还有丑子媳妇、几个娃娃一齐都从城里回来了，他们抱在一起哭成一团，朗天白日，哭声凄切，痛彻心扉。

妹妹安然无恙，正在院子里喂鸡。见我进了门，手在围裙上擦了擦就要给我盛饭。我说有点累，稍睡一会儿再吃，妹妹看着我，想从我脸上寻找答案，我勉强笑了笑：那就吃饭！

这几年，从城里拉回来的已经好几个人了，有的是在煤矿上遭了瓦斯爆炸，有的出了车祸，还有的遭遇了抢劫，有的囫囵身子回来了，有的缺胳膊少腿地回来了……我常常担心我的亲人遇到不测，我的奶奶、母亲、父亲以及刚刚出了门的哥哥。每一次事故后，我都会想他们。他们没有被送回来，说明他们还活得好好的。我多么希望他们在大雪封了山路之前能回到家，一家人团团圆圆地过个年。可是，这么多年过去了，他们仍然没有回来。

这几年，游家洼的人像秋天的大雁一样，神不知鬼不觉，一个个地飞走了。我碰上了很多走出村子的人，在转身离开的时候，突然又回过头来对我说：碎碎，我走了不知啥时候能回来，帮忙把我家门照看一哈，就怕有邻村的人过来偷东西。我对每一个走出去的人说，你们放心吧，我虽是个矮巴子，总比一只狗强吧！

没多长时间，荒草就埋没路径，长满了院子，伸出了墙头。雨水的冲击之下，有些人家的墙倒了，房脊也塌陷了，雨水漏了下去，漏在了做饭的大铁锅里，漏在了睡觉的大炕上。没几年，村子便显得破败不堪面目全非了。原先很多结实的东西，感觉使唤一辈子都弄不坏的东西，一点点地全坏了。那些能睡七八个人的大炕突然塌了，那些背了好多年的背篓绳断了，那些装了多少茬庄稼的席包、囤、篓、筐、笸，这些没有粮食可装之后竟也慢慢地烂了。至于那些选了上好木头做的五斗橱、三屉桌子、高低柜，却一件件变了形、散了架；还有那些劳动时闪闪发亮的铁锹、锄头、铧犁、耱、碌子、笼担、斗、升子、铡刀、镰刀、架子车，它们似乎缺少了人的照料而负气自杀一般，也是断的断，烂的烂。还有地里的果树，死的死，枯的枯，到了秋天结的果子也是坑坑窝窝，没一个光滑俊朗的，甚至连味道也变得苦涩至极，大不如从前了。

有一段时间，傻子二娃双手叉在腰间，大模大样地从村东头走到村西头，又从村西头走到村东头，有几只狗跟随在他的身旁，使劲地摇着尾巴。走着走着，他便放开嗓子吼一句秦腔："回家来不见我娘面，只留下两堆黄土冷清清……"风中，树叶们啪啪啪仿佛在为他鼓掌，路边那些娇柔的小草也摇摆着仿佛为他致意。那一刻，天空下游家洼死一般悲凉，整个世界仿佛被一个傻子统治着。

在每一个阴雨绵绵或狂风不止的夜晚，夜半醒来，我总觉得自己是睡在坟墓里的，游家洼变成了一片废墟，到处是恶鬼游魂。每每这个时候，我就十分想念每一个进了城的人，我暗暗地数着人头叫他们的名字。有些人进城太久了，以至于忘记了他们的名字，那感觉他们已经成了另外一个世界的人了，包括我的奶奶、母亲、父亲以及哥哥，他们的面目渐渐模糊了起来。

转眼半个月就过去了，明天就是爷爷三七的忌日，这让我感到紧张又充满期待。

是的，这一天我已经等了好久，我的父亲、母亲、哥哥，他们应该都清醒地记着这一天的日子——九月初十，他们一定会还清了爷爷的债务，迫不及待地回来看我与妹妹的。况且，如果哥哥找到了父亲与母亲，把爷爷去世的消息告诉给他们，父母亲也应赶回来给爷爷烧一张纸的，也会在坟前向爷爷说明还清了债务的事，让爷爷在另外一个世界的灵魂得到安息。可是如果父母亲没挣够钱，如果哥哥没有去找父亲母亲，如果他与小莲在一起忘掉了家庭的使命，如果李老板的人前来逼债，将妹妹强行带走怎么办……

我有些不敢往下想。

前天，我将爷爷收藏的几套戏服拿到集上卖了，换了些纸货，顺及给妹妹买了一件白底碎花的衬衫，一条黑色的牛仔裤。妹妹看到我买的新衣服，高兴得不知如何是好。她穿上了新衣服左看右看，不停地问我：好看吗？我连连说好看。我觉得妹妹是世界上最好看的姑娘。可妹妹很快就把新衣服脱了下来，叠好放在了柜子中了。她说舍不得穿！她说要等到爷爷三七的时候，等到一家人团聚的时候再穿。

夜已经很深了，一阵一阵的风，将院子里的秸秆叶子扫得刺刺啦啦地响。我怎么也睡不着。忽然，一个念头从脑子里钻了出来，这使我想到了爷爷的皮箱，我比任何时候都想知道爷爷制造的这一切事情的真相，证实一下污水嘴关于我爷爷游山的一些传言。

我翻身下炕，趿上鞋出了门。天高空远，一簇一簇的乌云穿过了月亮，在地面上映出暗一块亮一块的阴影。推开了爷爷的房间，一股难闻的腥臭味扑鼻而来，仿佛爷爷还没有走一样。借着窗外的月光，我从床底下拖出了爷爷的皮箱。皮箱并不重，我小心地抱到了自己的房间。打开箱子，里面是一沓稿纸，一个小公文皮包，几盒秦腔磁带和几本书。我打开公文皮包，里面找到了一个节目单，淡蓝色的。上面写着红色的大字："陕甘宁青新秦腔联合赴疆演出团节目单"。节目单最上面有两排黑色的字："迎接西部大开发，五省区秦腔会边城，西北戏剧史上的壮举，跨省区大组合的盛事"。节目单封面图远处是山，近处有阁楼，再近处是一个母亲和一个孩子的塑像，我在历史课本中见到过，这应该是兰州"黄河母亲"的雕像。节目单的落款是 2000 年 4 月。我翻开节目单，看到前言中有一段话：

此次陕甘宁青新秦腔联合演出团，在……的关怀下，在……的支持下，在……的鼎力相助下，以跨省区大协作大组合的独特运作，邀集众多名家新秀，隆重推出新编现代剧《白衣圣人》，谱写了一首壮丽的人生凯歌，讴歌了新时期共产党员楷模吴登云扎根边疆为人民无私奉献的精神……

节目单的封二有爷爷扮演的戏照以及与吴登云先生的合影，还有爷爷游山的简介：

游山系……1952 年曾在陕西省洛南剧团学戏，后辍艺读书，1959 年进新疆电影制片厂参加了《阿娜尔罕》《远方星火》等影片摄制，后导演并演出了话剧《小店》《三对面》等，1980年进乌鲁木齐戏曲学校工作，期间曾四次赴陕西甘肃拜著名秦腔须生刘易平、著名花脸刘茂森为师，学习《辕门斩子》《五台会兄》……

前言之后便是现代秦剧《白衣圣人》人物表，以及陕甘宁青新秦腔赴新演出团职员表，排在第一位的演员就是我爷爷游山，其次有很多国家一级演员、梅花奖得主，比如李东桥、窦凤琴、雷通侠……还有许多新秀，如贺忠宏等。

看得出，爷爷是这场大型秦腔剧场演出活动的组织与投资者。

我还在公文包里找到了一本手写的剧本《白衣圣人》，以及几十张宾馆的住宿和餐饮发票，还有一个演员费用清单，共计33.46万元。这进一步印证了污水嘴曾对爷爷的描述：游山从小就是个逛仙，在家里待不住，到处折腾着去学戏，十一二岁时就唱得很好，轰动四乡八里的，后游逛到了新疆工作，写了个剧本，叫什么《白衣圣人》，也是名利心太强，想通过这个戏扬名呢！他假借宣传部门名义，纠集了西北五省区秦腔名家上百人，抵押了房子，包下了大剧场，要演这出戏，他扮演主角吴登云。你们想一想，新疆一半人是少数民族，语言都跟我们不一样，能听得懂秦腔？听说第一天是采用赠票，看的人多，第二第三天票没卖出多少张，游山一见就慌了，光演员费用加上吃喝拉撒交通费，一天上万块，演了十天，游山的钱就花完了，通知宾馆终止给演员付费，又单方面终止了与大剧院的协议，便从人间蒸发了。一时，演员闹、群众闹，乱嚷嚷不可开交。后来，听说游山的老婆去找同学李大头借了30万元，才平息了这场风波……

一夜无眠，爷爷的影子一直在我的眼前晃荡着，他的表情痛苦至极，仿佛不仅仅是因为病痛的折磨。

第二天一早，我的亲人们一个也没有回来，我已经彻底失望。我决定让妹妹躲起来。我想，一旦李大头的人上门讨债，由我一个人面对好了。早饭的时候，我看到了妹妹穿上了花衬衫，头发湿漉漉的，更加地好看了。她拿出了两套孝服，两双白布鞔了头的鞋。我对妹妹说出了我的担心，妹妹看了我一眼，默默地低下了头。

中午的时候，我让妹妹藏在了柴草窑里。自己穿了孝衫、带了妹妹准备好的祭品与烧的纸去给爷爷上坟。刚走到马圈沟不远处，就碰上了污水嘴。他笑嘻嘻显得十分兴奋地说：我看到了李大头的人了，开了几辆车，被我这个神机妙算的诸葛亮说退了，刚走。对了，你奶奶也回来了，穿得光鲜照人，比年轻时还俊了。说完就流下了口水。我有些半信半疑，污水嘴有时神志不清，常常胡说八道。我没有理会，就直直地朝爷爷的坟地走去。天空高远而湛蓝，有一只鹰在高空中盘旋着。马圈沟底的树林丛中，静悄悄的，没有一只野兔与锦鸡出没。

快到坟地时，果然有几辆车慢慢地开出了山。再走近看，发现爷爷的坟前有很多脚印，坟头上烧了一大堆纸灰，引魂杆上挂着一挂白色的纸人！污水嘴说的没错，果然有人来过。我的心莫名地跳了起来，浑身不知因何发麻，眼前的一切如梦如幻，我想大叫一声，把自己从梦幻中叫醒，可不知怎么回事却张不开口。

烧完了纸，我清醒了过来。这时，我突然想起了妹妹，想到了李大头的人。于是，急忙起身往回跑。越过小沟梁，跑过马圈沟，我感到自己快要变成一只野兔一样了。后来，我越跑越快，连手里的篮子也丢了，连身上的孝衫也脱下扔了……跑到家大门口时，我看到了污水嘴平躺在门外，满脸的血，连头发也染红了，像死了一样。我大声地叫妹妹：翠翠，翠翠——里头没有人答应，整个世界死一般寂静。我跨进门槛，这时，二娃咧着嘴，衣衫不整地从柴草窑里出来了，手里头拿着妹妹那漂亮的花衬衫。

被疯子统治的村庄

1

半夜里，我是被母亲痛苦而尖锐的哭叫声惊醒的。

母亲的叫声像一条长长的火蛇蹿出了西房的窗户，一直向天空扑去。天空被母亲的叫声撕成两半，有一些细碎的星光从瓦棱上震落了下来。

我一骨碌坐了起来，这时，我又听到啪——啪的声音，父亲正用皮带抽打母亲。我曾经偷偷地摸过父亲的那条皮带，又宽又厚，油光发亮，插扣明光闪闪。这是他从城里带回来的唯一东西。母亲的尖叫声越大，皮带抽得越重，那样子像父亲在玩一种游戏，在探测母亲的叫声能否将整个村子的人都叫醒。后来，母亲终于不叫了，她大概是怕我和奶奶听到，或者怕左邻右舍笑话便强忍住了，只是咬着嘴唇呜呜地哭。很快，皮带声就零落了下去，这并不是父亲没有了力气，准确地说是没有了兴致。

我的心一阵疼痛，像有人用力地捏了一下我的心脏。顿时，我想到了刀子，我看到厨房的案板上，那把生了锈的菜刀突然间明亮了起来，几乎照亮了整个厨房。一时间，厨房里每一件物什、坛坛罐罐都惊恐地睁大了眼睛。是的，菜刀在不安地躁动着，它在召唤我，仿佛急不可待要自行飞出门去，飞向西房，去砍断父亲的皮带、父亲的手。当我看到刀把上那条长长铁链子时，顿时，眼前的一切都被黑暗淹没了。

刀把上的链子是去年春节前奶奶拴上去的。奶奶是为了防止父亲闹出人命来，却没防住母亲的自杀。我们一家人刚开始都不相信父亲精神上出了问题，只觉得他出去受了气，过些天就好了，没想情况到后来越来越严重。他刚从城里回来的那些天，虽然有些落魄，但在村子里还与人打招呼，有时还去学校找原来的同事下棋。不过，没有多久，他就开始犯病，摔碗砸门，打骂母亲。我们整天提心吊胆，母亲更是战战兢兢，常常以泪洗面，她的身上常常是青一块紫一块的。有一次，父亲喝多了酒，用膝盖抵着母亲的背，揪住母亲的头发，差一点把母亲打死。我捡起酒瓶，照父亲的头上砸去，我看到父亲额角流下了血，父亲先是一愣，进而便住了手。父亲打骂母亲的时候，我感到他变成了一个魔鬼，而父亲眼里的母亲变成了另外一个女人，一个陌生的或者加害过他的女人。

去年夏天的一天，母亲忍无可忍，便用这把菜刀割了手腕。鲜血顺着母亲的手腕汩汩地一直流到地上，像一条长长的蚯蚓缓缓穿过门槛爬到了院子里。奶奶发现时，母亲已不省人事了。奶奶大声地咒骂着父亲，她的眼前到处都是血。血气一时弥漫了整个村子，四面八方的苍蝇闻腥而来，黑压压地喧噪在窗户上，在院子上空相互碰撞着掉下来，像黑色的冰雹砸得地面嗒嗒作响。

母亲的确是受够了。

父亲是前年秋天从城里回来的，我们谁也没有想到，进城不到一年的父亲像走了多年的江湖一样，变成了一个乞丐。头发纷乱，衣裳破烂。他站在家门口，将我、母亲还有奶奶都吓了一跳。那一刻，我们都愣住了，时间仿佛停止了流动。我们都以为自己在做噩梦。可是太阳就在头顶，秋风正推着一堆一堆的白云向南飘去。父亲的眼睑低了下来，眼珠子轻轻地轮了一下，似乎不愿意看到我们，或者有些羞惭。那样子是他本不打算回家，只是无意中顺从了自己的脚。我在父亲的眼睛里发现了一些陌生的东西，那就是他一年来所经历的一切？父亲的身上，怎么也找不出曾经的那个有点清高的民办教师的影子了。是的，他变得有些谦卑和胆怯。我们起先以为他是一个叫花子，是来要饭吃的。可是，他手里头没有一只空碗，而是一条又宽又厚折起来的牛皮腰带。大约只有几秒钟，他勇敢地抬起了眼皮，像摇一只拨浪鼓，摇晃着手中的皮带。

这时，母亲首先认出了父亲："呀，娃他爸，这咋成这样了呢！"母亲失声痛哭，说着就扑了上去，去摸父亲胡子拉碴的脸。

这时，我和奶奶也哭着扑了上去，我嘴里叫着爸，奶奶叫着爸爸的小名，仿佛要通过小名来唤醒眼前这个神情陌生的儿子。

后来，我们都为自己的举动有些后悔了。我们不应该叫他，唤醒他的记忆。如果我们当时就按叫花子对待他，或骂他一顿，或者给点吃的打发他出去，那该多好。这样，就不会发生后来的那么多事了。至少母亲不会自杀。

父亲听到我们喊他，突然醒了过来，神情顿时高傲了起来，对眼前的一切有些不屑，瞬间就找回了一家之主的威严。仿佛一下子还原到民办教师了，还原到一个月可以领几百块钱工资，浑身有一种兰州牌香烟味道，被人尊敬地称作老师的那个人了，会给村子里人讲《水浒传》，过年时给左邻右舍写对联的那个有些古意、喜欢听别人称他先生的人了。是的，正是我们的叫声唤醒了他。只见他一把推开母亲，大步流星、理直气壮地走进了院子。在靠树下的一张椅子上坐了下来，然后大声地命令母亲：

"老子回来了，你也不去车站接下我，我挣了钱回来，是给你们白花的吗？快舀一碗饭来，老子快饿死了！"

母亲有些战战兢兢，但她听到了父亲挣到了钱，挂着眼泪的脸上硬是挤上了笑。两只手在围裙上擦了擦，赶紧给父亲舀饭。看着父亲狼吞虎咽的样子，倒是奶奶显得比较平静。因为她早就听到了父亲在城里做了见不得人的事，受了气挨了打，同我的叔叔也反目成仇了。现在，他能平安活着回来，也算万幸。

2

说到我的叔叔，他没上过多少学，很早就进城打工了，现在开着一家废品收购公司。产业虽说有点小，但好歹是被人称作老板的人，在有些聚会上也敢以企业家自称了。叔叔长得没有父亲好看，如果说父亲是武二的话，那么叔叔比武大郎好不了多少。别人比将起来，奶奶总有些袒护叔叔，她说男人在世上混，总不能靠脸蛋吃饭吧，要知道好看的常常不中用。父亲听到奶奶的话，很是大度地一笑而过，显得自信满满。可是，在这个金钱到处横行，金钱衡量一切、战胜一切的世界上，一个会挣钱的叔叔，虽然其貌不扬，但比父亲更显有能耐，更受人尊敬。对于有点斯文迂腐、喜欢人称他先生的父亲而言，这是难以接受的。是的，父亲虽然一表人才，后来进城后却一事无成。不要说打一片天地出来，进城后简直是无立锥之地，更不要说寄钱回来。倒是叔叔经常寄钱回来给奶奶。

事实胜于雄辩，也印证了奶奶的话。

印象中只要别人提起叔叔，奶奶便有些满足和骄傲，只要她上街赶集，左邻右舍就知道叔叔又寄钱回来了：

"你小儿子真有出息！又寄钱回来了吧！听说他要在城里买楼房，娶城里的姑娘做老婆！"

奶奶有些掩饰不住内心的欢喜，她对人家只是笑一笑，并不多说一句话。

大前年，叔叔回来过一次，看样子混得有模有样。叔叔是开车回来了，那是一辆车头前带着四个圈的黑色小轿车，车体上有几处脱了漆，虽显得有些破旧，但这足以在村子里引起轰动。叔叔穿着一件土红色的大西装，这件西装让叔叔的腿显得更短了。叔叔的身后还跟着一个年轻漂亮的女人，她比叔叔高半个头，戴着墨镜，头发垂在腰际，乳房像充了气，仿佛只要轻轻一拍就会嘭嘭响，甚至会爆炸。她的样子让我不敢抬头。我低着头，只觉得有一股浓烈的香味掠过了我的鼻尖。她穿着一双粉色的高跟鞋，那颜色比门前的杏花还好看。不知是鞋子的原因还是她的胸太大，感觉她走起路来腰一闪一闪的，像风里头挂满果实的树枝。她走在叔叔的身边，让叔叔显得更像武大郎了。即使这样，我也认为叔叔的形象是光鲜的，他的脸庞泛着油光，美中不足的是叔叔进门后顺手把鼻涕抹在院子里的树干上了。村子里的老人小孩找各种借口来看叔叔，看他的车和他的女朋友。可他的女朋友不愿在我们家住一宿。叔叔带着女朋友，参观，不，是炫耀般地在村子里散了几圈步，如乡上的领导视察一般，对村子指指点点，仿佛在评头论足。很快，他就发动了车，车屁股后喷出一股烟，带着女朋友去县城住宾馆了。

我有些难以置信，按我的想象，叔叔的模样是找不上这样好看的女朋友的。村子里有人悄悄地说叔叔女朋友是租来的，是为了应付奶奶，因为奶奶催得叔叔有些受不了了。后来我又仔细回忆了下，可无论如何也想不起叔叔女朋友的模样，眼睛、嘴巴、鼻子都糊在了一起。叔叔在家停留的时间虽然短暂，却足以光宗耀祖，使我们全家人感到兴奋。西装革履的叔叔，风光无限的女朋友，还有屁股后会冒烟的小汽车，都让我感到整个村子的陈旧与落后。我暗想，自己长大了也要去城里，也要找叔叔一样的女朋友做老婆。

父亲正是因为叔叔的回家受了刺激的。那时候村里的小学已经没有多少学生了，大多孩子都跟父母进城上学去了。无事可干的老师整天在校门口晒太阳。老人们常常感叹世风日下，说要是这样下去，村子就要亡了。是的，十年前，学生早读的声音、体育课上喊口令的声音可以传过山那边去。那些清脆的读书及口令声在天空中久久不散，让整个村子都显得年轻而有生气。现在，村子几乎空了、荒了，每天只剩几声狗叫和鸡鸣，一副暮气沉沉的样子。

父亲成了教育部门清退的对象，他识趣地辞了民办教师的工作，一个人进了城。走前他曾说，为了我和上大学的姐姐，他要进城去给我们打一片天地出来。

我想，假如当了十多年民办教师的父亲被转了正，一个月能收入上千块钱，他也不至于进城打工的。我看得出，他爱妈妈，他们常常天不黑就顶了门睡觉。有时我能听到他们在被窝里嘻嘻哈哈地打闹，在没人的野外，他还会牵着妈妈的手。有一次我看到他摘了一束野菊花给妈妈编了一个花帽，他真是心灵手巧！现在可好，想去城里打一片天地的父亲空手而归，就像被学校清退了一样。

我常常不自觉地会想到母亲自杀这件事，恍惚中觉得母亲已经不在这个世上了。母亲被送到乡镇医院抢救，是村支书宝贵开车送去的，还替奶奶垫了钱。这件事后来成了父亲打母亲的理由，他说母亲给他戴了绿帽子，而且扬言先打死母亲，然后再收拾宝贵。母亲从医院回来后，在炕上睡了大约一个月。父亲像在躲避瘟疫一样，从村子里消失了好多天。我们都以为父亲是畏罪潜逃，说不准会死在外面，或者被警察抓捕。实际上我好些次在心里说，要是警察能来将父亲抓走该有多好。母亲慢慢地好了起来，母亲常常情不自禁地流泪，有一回，她竟然抱着我哭得浑身抽搐、上气不接下气，她说自己舍不得我。

那段时间，我无时无刻不想念叔叔，我希望叔叔能够回来。想想办法，救救我们，救救这个家。可是后来我又听到了一些消息，父亲确实与叔叔反目成仇了。

　　传言父亲在城里做了见不得人的事，他喝醉了酒，半夜里跟踪一个漂亮的女人，不停地在她身后吹口哨，从《枉凝眉》吹到《敖包相会》，后来吹到《杜十娘》，跟踪到一个狭窄灯光黑暗的巷道里时，被人用什么东西砸准头部，昏死了过去，等他醒过来时，身上的钱一分都不剩了。有人说父亲跟踪的这个女人正好是叔叔的女朋友，有的人说殴打父亲的正好是我的叔叔，是误伤。不过，这些没有逻辑的传言我一个都不信。

3

　　我没有想到，父亲心里装着一个发财梦，很多个日子，他一直为这个梦努力着。

　　去年冬天的一个早上，一家人吃早饭的时候，父亲突然十分严肃地对我们说：

　　"丁雪这个寒假回来后就不要再上学了，现在彩礼涨得快，比城里房产行情还好，不能再让她上学了。"

　　母亲和我低下了头，母亲明白，父亲没有能力再供姐姐上学了，他挣不来一分钱了。

　　接着父亲又说："女娃子上大学一点用都没有，白白地抓养大，白白地送给城里人，我们不能白辛苦！"说这话的父亲与以前的他判若两人。父亲曾经不止一次地拿中国的花木兰、外国的居里夫人为偶像，教育姐姐要自立自强，要努力学习，将来出人头地，是什么原因让他对姐姐的态度转变这么大？

　　这时，奶奶说，别担心，有他叔叔呢，他叔叔会供娃上完大学的。听罢奶奶的话，父亲把碗筷往桌子上一扔，大声地吼："我们不花他一分钱，他的钱是脏的。"

　　接下来的那一段日子，父亲早出晚归，风雪无阻，忙着张罗姐姐的婚事。他去乡镇集市上，在人市（婚姻市场），像一个推销员，拿着姐姐的照片找人洽谈。照片上的姐姐穿着一袭白裙子，大大的眼睛，清纯美丽，貌若天仙，有些羞涩地笑着。刚开始，父亲身边会围上好几个人，他们争先恐后地看姐姐的照片，接着便套近乎般地同父亲交流，谈不了几句，他们就表情古怪地离父亲而去。父亲对这些人很是不屑，反而变得更加执着，表情里泛着几许清高，继续寻找新的"客户"讨价还价，后来他竟然把姐姐的照片放大了一些，装在包里头，逢人就拿出来。

父亲疯掉的消息很快就传遍了村里村外，四邻八乡。以前的比如丁老师、丁先生的诸多荣誉称号纷纷离他而去，许多人开始称他为丁疯子。

那天，我听到奶奶用手机同叔叔通电话。手机是叔叔给奶奶买的，自从父亲精神出了问题后，奶奶很少向叔叔提及父亲，叔叔也很少问父亲的病情。

奶奶说：老二啊，你哥糊涂了，你还是明白人呢！你总不能见死不救吧，丁雪这女娃打小就聪明，上大学的学费你得想办法。

叔叔在电话那边说："妈，你放心，我想法办。"

姐姐得到父亲打算嫁掉她的消息后，寒暑假都没有回来。我想父亲会进城去姐姐的学校把姐姐绑回来的，可自始至终都没有这样做，甚至他的嘴里再也没有出现过进城这个词。父亲的第一个发财梦就这样破灭了。叔叔也答应供姐姐上大学了，这让我感到高兴。

叔叔要奶奶去城里住，但奶奶看了看我，说不想去。她说，农村人还得在土里头生活舒服些，城里住不惯。她催叔叔，说自己还想要个孙子呢！

有一段时间，父亲沉默了下来，也不再打打闹闹，我们好不容易过了一段安稳日子。平静中我感到父亲在蓄谋什么阴谋。没过多久，从他言语中便流露出了一些信息。他不知从哪里打听到，我们这个村子要盖工厂，村子里的地会被大量征购。这简直是天方夜谭！我们的穷山沟可不比大城市郊区。可父亲对这条信息深信不疑，他认为自己只要当上了村支书，就可以掌控大量的土地，就能代表全村人同商家谈判，到时候好处不止于十万八万的。他兴奋极了，脸上挂着笑，甚至在梦里头都笑出声来了。

为了得到村支书这个位子，他不辞辛苦地在村子里逢人就讲，像西方的总统选举拉票一样。他承诺，只要把自己选成村支书，保证让全村人都住上楼房，一天三顿臊子面管够。可村子里没有一个人相信他的话。现在，只要父亲走到人群里，人群就像炸了的蜂窝——嗡的一声，一哄而散了。父亲气得跺脚大骂，骂村子里人全是糊涂虫。说不知道村支书吃了多少扶贫款以及村民低保。有一回，他把村支书宝贵堵在巷道里，要求把村支书的位子让给他。宝贵斜了他一眼，懒得说一句话，可他走到左边，父亲便堵到左边，走到右边，父亲便拦在右边。

父亲问村支书，为什么不放大喇叭了？啊，为什么，为什么不吹哨子了，啊，为什么不让生产队的人平田整地大会战了？要你这个支书有啥球用啊！要是我当上这个村支书，我先在村子里唱十天大戏，你算一算，多少年我们村没唱过戏了，一家一户天一黑关门看电视，人和人都生分了！电视有大戏好看么？电视上全是花花绿绿光屁股女人，那都是妖精么，都不知羞耻呀……

父亲见宝贵懒得理他，突然说要到乡上，县上，省上，甚至是中央，要去告宝贵强奸妇女，说是宝贵逼得我母亲自杀。宝贵听了气得脸红一阵白一阵的，不知如何是好。

后来，在宝贵支书出门做生意的那两个月，父亲手里摇晃着那条皮带，在村子里耀武扬威地走来走去，时刻准备管教那些不听话的人。这期间也发生了一些事，他先是打断了发财家狗的腿，接着又骚扰了田寡妇。他常常拿着皮带站在人家门口，要吃要喝，村子里大多是些老弱病残，都怕惹麻烦，或者担心父亲伤着女人娃娃。没有一个人敢惹父亲，几乎是要啥给啥。时间一长，连鸡狗见了父亲都远远地就溜了。他要求大人娃娃见了他喊丁支书，于是村子里人都一本正经地喊他丁支书，他们感到好笑，但不敢笑在脸上，于是，丁疯子没过多长时间变成了丁支书，似乎摇身一变成了村里的最高统治者，可不知为什么，他始终没敢撞开村部的大门，更没有碰到大喇叭，没有保障每个人一天三顿臊子面。有人问他：

丁支书，丁支书，我们啥时候唱大戏呀？

快了，快了，我已经派宝贵去请易俗社的演员了！

丁支书，丁支书，我的低保啥时候能批下来啊？

快了快了，批下来你请我吃臊子面。

丁支书，丁支书……许多孩子跟在他身后，在后面高声地笑着喊他，这让我感到羞惭无脸见人，真的，我不想要一个疯子父亲，不想毫无尊严地活着，更不想过这种提心吊胆的日子。

母亲很多次想带我逃走，可不愿舍下奶奶。后来我才知道，父亲逼着母亲和奶奶，也逼她们称他为丁书记。奶奶气不过，骂了父亲几句，没想父亲丧失了理智，摇着手中的皮带，让奶奶滚出这个家，让她去找她的小儿子、去城里生活，奶奶气得不住地用手抚摸胸口。后来，父亲的暴力升级了，而且变得频繁了起来，三天两头地闹，家里鸡犬不宁，日子已经没法过了。他打骂母亲，要母亲去找宝贵把村委会的大门钥匙要回来，他要把村委会的公章带在身边。他打骂奶奶，让奶奶滚出家门，去找她小儿子；但不知为什么，父亲却从来没打骂过我，纵然我曾用酒瓶打破过他的头。

4

西房里终于安静了下来，我却怎么也睡不着了。

奶奶说："丁丁娃呀，你愿不愿意跟奶奶从这个家搬出去住?"

"真的?奶奶!真的吗?"我一骨碌坐了起来。

从母亲自杀未遂的那天起,我老是能闻到屋子里有一股血腥味。真的,我一点也不想回这个家了,可是我担心奶奶和妈妈,尤其是在学校里,坐在课堂上就魂不守舍,我担心疯子父亲又会出什么事故,一放学我就飞快地往家跑。

"明天我们就搬过去,去福成家的老房子住。"奶奶说。

严格说是福成他爸的房子,福成现在城里头工作呢,听说是当了什么官,他的弟弟做生意也有了钱。福成的母亲过世后,两个儿子就把父亲接到城里去住了。没几年,老房子就漏了水,院子里的草比墙还高了。福成的父亲进城没多长时间,患了脑溢血,经过抢救,命是保住了,人却瘫痪,说不成话了。每年兄弟俩都将父亲带回家,在县城租住宾馆,用轮椅推着父亲在村子里转一转,或者去母亲的坟头烧一张纸。前年又花了上万块钱,把老房子的门窗换了,房顶的瓦重新排布了下,只是这院子里的草没办法,一年比一年长得多。他们的想法是只要父亲一过世,就回来置办丧事,这个房子最多只用几天的时间,可惜这些家具电器了。

奶奶前几天托人打电话给福成了,借下了这院房子。福成接到电话,先是感到惊讶,后了解到父亲的情况,尤其当听到父亲不但打骂母亲,还打了奶奶时,二话没说,就答应了。他说感谢还来不及呢,那房子要是没人照看,说不准就塌了,他还说家里的一切东西都给奶奶用,如果太过困难,他可以为奶奶付电费。

有两年了,奶奶没有上过街,没有给我买过新衣服。奶奶与妈妈种了三亩苹果树,一年到头一直忙活在果树下,又是打药,又是铺膜、套袋、采摘……比以前种地还辛苦,无论行情好坏,家里好歹有些收入,可大部分钱都让妈妈带上给父亲看病花了。

父亲的病一直没有好转，有时候我真怀疑他是不是真有病，因为他同别人下棋的时候，思路异常清晰。可从棋摊上出来，父亲的神情就变得恍恍惚惚，一进家门，他就烦躁不已。

"奶奶，你放心，我长大会照顾你和妈妈的！"我小声地说。奶奶听了，一把将我搂在了怀里，我感到脸上冰凉凉的，奶奶的眼泪落在了我的脸上。我知道，我们这个家需要一个顶天立地的男人，奶奶和妈妈把希望寄托在我的身上，他们期望我一夜之间长大成人。

奶奶没有说话，仿佛睡着了，这让我怀疑奶奶刚说的话，仿佛是梦话。我知道奶奶内心有许多担心，但她同我一样不想这样憋屈地活着。

很快，我就睡着了，梦里我跟着奶奶出了门，我们打开了福成家的大门，我们开始收拾院子里的草，我们拔呀拔，铲呀铲，我们的身后腾出了一大片空地。奶奶在院子西边的角上还开辟出了一小块菜地，奶奶说要种些绿的辣子，红的西红柿，还有紫的茄子，我说再种几行黄花菜和葫子吧，奶奶说好。我们收拾干净院落，奶奶又开始认真地打扫厨房和客厅，她将厨房里的锅碗瓢盆、桌椅板凳及窗玻璃擦洗得发亮。她找到了一大摞旧报纸，打了糨糊将墙也裱糊了一下，接着她在炕上铺了新的被褥，这套被褥是她多年来为叔叔结婚做的，一直压在柜底，可那次叔叔带女朋友回来也没有用得着，这下奶奶和我要用了。奶奶烧了炕，烧了热水，洗了头脸，然后坐在炕沿上梳头。奶奶打开了电视，里面是演着秦腔《三娘教子》。我看到不知什么时候，客厅的桌子上有一束杏花插在水瓶里，我回头看了看奶奶，她突然变年轻了，像一个刚过门的新媳妇那么好看。

我兴奋极了，便跑出了门，我不停地跑，一直跑到了塬边上，塬边上到处都是杏树，开满了白的、粉的花，到处弥漫花的清香，到处都是忙碌的蜂蜜。我摘了几枝杏花又往回跑，一直跑到了学校的门口，这时，从村子里开出了一辆警车，快到我身边时，放慢了速度。一个光头模样的人将头和手臂伸出窗外，他的手腕上戴着明晃晃的手铐，他望着我笑了一下，我感到他是我的叔叔，可笑容又像我的父亲。很快他们就消失了。

我怀里抱着杏花，一时怎么也找不到家门、我们新的家门了。

电话那头的风声

　　十年前的一天晚上，夜已经很深了，我突然接到远在千里之外的弟弟的电话。

　　"哥，有个事情想同你商量一下！"我一下子坐了起来。

　　我能听得出，他在室外，电话里风声很大。弟弟在远离市区一百多公里的戈壁滩上工作，那儿原来是一个旧军用机场，现改造为选矿厂了。戈壁滩上常刮风，有时飞沙走石的。选矿厂以前条件艰苦，吃的蔬菜、喝的水都是从市区运去的，连电视都看不上。现在好了，通了柏油路，楼房也盖起来了，宿舍里通上了有线电视，办公室也能上网了。

　　"是不是工作上不顺心？"我突然有些紧张，其实我一直担心他工作上出什么意外。

　　"我不想在戈壁滩上待了，都八年了！"他的语气有些激动。

　　"你是不是喝酒了？"我怕他喝酒，医生说他的脾脏和胃有问题，尤其是胃病相当严重，不能喝酒。

　　"没有，我没有喝酒！"电话里风声还是很大。

　　我想，他肯定是喝酒了。"你所待的单位是国有企业，待遇又好，每周上四天班，休息三天，你离开再到哪里找这么好的单位呢？"

"我回到市里头就是给人擦鞋子也不想在这儿干了！"

我完全能理解，对矿山职工而言，最难的是应付寂寞。我在矿山企业待过。那时候一线员工在矿山上二十天班，回家休息十天。有些员工熬不住，偷偷地从市里叫车回去，其中一个叫郭光荣的员工，晚上下班后叫车回去，在路上出车祸死了。还有，矿山职工的家属，好多的女人都守不住自己的玉体，有好几个男职工深夜回家就把老婆捉奸在床了。三天两头便有家属因一些风言风语，到矿山大哭大闹。印象最深的，一个家属还与矿山的一个女员工打成一团，那情形真是怎一个乱字了得。那时候，只要矿山分来一个女大学生，单身男职工都狼一样地盯着，没有多长时间，就会被拿下。记得当时为了解决单位男职工的婚姻问题，矿上与市里的棉纺织厂一个月组织一次联谊会，这样的活动，确实也解决了矿山单身大龄男青年的实际问题，但结婚后离了婚的还是很多。

"是不是对象吹了？"我以近乎讨好的口吻说，他已经吹了好多对象了。说实话，我有些怕他，一直以来，我觉得他的精神状态处在危险的边缘，如果再有一些刺激，也许就会出大问题的。父亲至今还住在医院，如果他再有什么不测，那样的话，我的生活就更窘迫了。

"在戈壁滩上待着，能找到对象吗？介绍一个，别人一听在矿山工作就不愿谈了！"

我从他的话中听出了沮丧，悲愤，决绝……按照我的想法，只要两个人真心相爱，怎么会经不住这一点生活的考验呢？再说了，矿山工资相对较高，现在的女孩，只要你有本事能挣到钱，她们就会扑上来的。弟弟高中毕业后投奔我来的，在此之前，他利用暑假在山西一个地方打过工，差一点把命丢了，不但没有挣到钱，连身上带去的钱都差一点被抢了。当时他同村子里好几个小伙子去挖煤，谁知陷进了黑煤窑。老板雇有打手，养有狼狗，监视着他们一天干十四五个小时，后来听他说，有一个小孩才十五岁，累死在井下了。他们几个人逃出来的时候，被狼狗追了十多里路，要不是他们爬上一辆拉木头的卡车，几个人也许都没命了。他一到我所在的这个城市时，我刚从部队下来，参加工作不满一年，也是给矿山企业老板打工，好在在市里头上班。那时候我每月一千五百块工资，除了还按揭贷款以及伙食外，几乎剩不了几个钱。在部队的时候，每月的津贴70元钱，我省下50元钱寄给弟弟做上学的生活费，可惜的是他没有考上大学。我不知是什么原因，弟弟从小学到高中一年级，学习成绩都很好，可到了高二时成绩一落千丈，高考时他们班一个也没有考上。好长时间我想不通，弟弟是不是受了什么刺激，或者什么蛊害，是不是当时对一贫如洗的家失去了供他上学的信心，还是因为突然丧失了学习的能力。母亲曾说过，高考结束后，弟弟去外面打工逃回家后，脑子就有些问题了。有一段时间，闹得家里鸡狗不宁的，母亲整天提心吊胆，怕出个啥事情，有一次他还差一点把父亲的手指拧断了，父亲气得好几天吃不下饭。我从车站接上他时，他的头发老长，胡子拉碴，目光有些呆滞，像个叫花子，我带着他洗了澡，换了件新衣服……

"你都这么大了，还这么不懂事？"我有些生气，"你想想你离开现在这个单位拿什么谋生？依你现在的条件，你只有继续在这儿挣钱，等有些积蓄了，你回来想办法再干点什么事。说实话，你现在一点儿抗风险能力都没有。"

"我死在戈壁滩上就如你所愿了？"

我一时语塞，我也感到沮丧。当初为了解决他的工作问题，我先是让他学了开车。学开车时，他与别人打架，受了欺侮，可我没有能力去教训那个打了他的人，替他出气，更没有精力与财力去法院告状。我只能批评他在外惹是生非，看到他受了伤，心里头疼得要命，气得要命。学会开车后，弟弟开始跑出租。跑了一个月，越跑越气，因为挣不到钱，眼睛里要出血似的，看到他跑起来疯了一样，我担心极了。第二个月，那天刚好是个星期天，天气不错，太阳耀得眼睛都睁不开，一大早我们就去车主家交租金。闲谈中我问及车的保险事宜，车主说车上了保险，但手续在另外一辆车上，我也没有多说什么。第一个月，弟弟除了加油，交过租金后，几乎未挣分文。交完租金后，我有些气愤，弟弟的脸色更难看，原因是自己没有挣到钱，好多钱还是我补上的。看得出，弟弟有些性急，想一口吃成个胖子，想很快摆脱目前的困窘。我心里头一直想着弟弟能挣点钱，挣点钱后他的精神状态会好一些。一出车主家门，弟弟又将车开得飞快，就说了他两句："你开慢点不行吗？出个事咋办？"没想他像犯了神经病："我的死活不要你管！"一踩油门就跑了。可是，没过三分钟他就打电话过来了："我在前面转弯处把人碰了！"连一句哥也没有叫，那意思是我的错，是因为我骂了他，他精神上受了刺激才闯下了这个祸。我当时急切地问："人没事吧？"

"没事！"他一点内疚感都没有，这让我吃惊。

赶到事故现场后，我发现一个女孩坐在地上，旁边还有一个自行车，出租车的挡风玻璃碎了。没办法，我就及时将这个女孩送到了医院："赶紧开车走，不要让交警把车扣了！"

在医院里，我背着这女孩一会儿拍片子，一会儿做各项指标化验，跑上跑下的，心里头那个气！女孩是安徽的，在这儿卖豆腐，人长得很白净，胖乎乎的，幸好没大碍，总共花了一千多块钱算是摆平了这件事。后来，那女孩每次见我上市场都主动地打招呼，叫我哥，买她豆腐的时候总要给我多切一块。

那件事后，我就没敢让弟弟继续开车，我觉得他的精神状态不适合开车。算下来，学驾驶技术花了四千，租车花了两千，车祸及挡风玻璃一共花了两千多，几乎将我所有的积蓄都花完了。

弟弟来的第二年，一段时间，他待在房子里不愿出门，我让他出去慢慢找工作。"找不到，哪里能找到呢！"说实在的，他除开车外，没有任何技术，在这个小小的城市里头根本找不上工作。我为此又想到让他重读高三好好复习，再考一次大学，我还想着他如果考上大学，我可以供给他。他不同意："我想去当兵！"我不同意他当兵，原因是他的户口不在本市，要找关系在本地当兵太难了。我没有这样的关系，就算是有也得花几千块甚至上万块钱，我哪里有那么多钱。再说了，我刚刚结婚不久，生活上确实很紧张。为此我与他吵了起来，我气急之下，打了他两拳。他当时就跪下来，用头抵着我，让我打死他："我也不想活了，你打死我算了！"

为了逼他自立自强，我在外面租了房子，让他自己单过，可当我有一次去看他时，昏暗冷清的房子里，他睡在一张小小的单人床上看高中课本，我的心又软了。于是，就把他又硬是拉回了家。再后来，我与别人合伙买了一辆卡车，拉运矿石，让他跟着车跑，因为挣不了钱，我又卖了车。他又一次失业了。

算起来，他来两年了还没有找到一份稳定一点的工作，我为此感到沮丧，有时半夜都睡不着，我为自己的能力而感到羞耻，可这有什么办法呢？我能求的人都求遍了。后来我又几次求单位领导，将他安排到了采矿队，在采矿队，不知是什么原因，他总是让人看不顺眼，常受别人欺侮。有几次，回家的时候，开大巴车的司机故意不想让他坐，几次为难他。司机是矿长的亲戚，大多数人敢怒不敢言，而我就更不敢说什么话了。我给弟弟说，知识改变命运，你还是要抽空好好学习，学成一技之长，来改变自己的命运！那时候，我让他自学教育专业，我想让他将来当一名小学教师。弟弟考了两年都没有考过，只好中途改考会计。在这期间一个偶然的招工机会，他到了现在这家国有企业工作，从一般职工干到了班长。三年前他考过了会计从业资格证，今年考初级职称时会计那门课成绩差了一分及格。他当时急切地让我找关系，想办法让他通过，我也找了关系，但这事却没有办好！如果有了会计职称他就可以在市内找一份工作了，就可以离开戈壁滩了。我知道他对我的能力已经很失望了，他曾寄希望我找关系把他调到市内工作，但我没有做到，我在他心目中的位置一点点地在降低，所以他只有发奋，可是事情就这么巧，只差一分，这一分就让他的梦想又一次破碎了。

"你不能冷静地考虑这个问题吗？你想想你走过的路，你犯了多少错误了，你觉得你回到市内就一定能找上对象了？"

"不管你怎么想，我就是不想在戈壁滩上待了，我都八年了，劳改一样八年了！"

"你疯了吗？以前说劳改我还可以理解，你现在的单位能跟以前比吗？以前是私人老板，而现在你是国有企业员工，你难道没有意识到单位的好处吗？你自从到了这个单位，你买了房子，你有了积蓄，你还在股市上有几万块钱，说句老实话，你现在的工资比我还高，你的工作环境多少人羡慕。我以前的公司破产后，我现在给私人老板打工呢！我过的日子比起你来苦多了，早上八点出门，晚上八点回家！天天看老板的脸色……"说实话，弟弟到这个单位后，我们的生活境遇都改变了好多，我到这个城市后，买了房装修时我跟别人借钱，连平时觉得最好的朋友都躲躲闪闪的，可弟弟知道了，立刻就把钱送过来了，比我从银行取钱还方便。

"我想离开这个地方，只要能离开戈壁滩，我干什么都行！我就是不想在这儿待了！"

"你怎么这么不听话呢？你都三十岁的人了！你想干什么就能干什么吗？妈走的时候，多少次给你说，你一定要听我的话，可是你呢，你现在谁的话都听不进去了！"

"我就是听不进去了，你老是说我，我是脑残，我什么都不如你，好了！"

　　我一时气得发抖，我想，如果母亲在世，会不会能让他听点儿话。母亲临走前的一个月，我一直陪在母亲身边，我怕弟弟丢了工作，让安心上班。母亲病逝后的那天晚上，弟弟赶了回来，可没赶上见最后一面。他一进门跪在母亲灵前，边哭边在地上撞额头。父亲怕弟弟精神上有个三长两短，扑上前去就抱住了他，我在一边也黯然流泪。母亲头七过后，地里的庄稼还需要照顾，玉米没有锄，麦子眼看就要黄了。可自从母亲送埋后，弟弟睡了几天，不吃不喝，更不说干一点儿活了，我与父亲说什么他都不听。后来我说了几句伤感情的话，他一骨碌爬起来便跟我扛上了，我气得语无伦次，想天老爷如何出了这么个不肖之人！不是父亲拦挡，我真想打他几拳。母亲过世时最大的遗憾是没有看到弟弟结婚，当时弟弟谈了个对象，那对象给病中的母亲打电话，母亲就高兴地笑。可是，母亲还是含着痛惜离开了我们，弟弟没有完成母亲的遗愿，也悲愤异常。

　　"滚，滚出去，滚得越远越好！"我气得骂了他一句。

　　弟弟听了，一气之下，去母亲坟上哭了一通，然后奔回了单位，将家里的一切都甩给了我。

　　我想弟弟发完牢骚肯定要挂电话了，但奇怪的是没有挂电话，我知道他还要发泄几句，我几乎是他的出气筒了，我如果有点儿本事，能把他的工作调动了，能帮他通过职称考试，能张罗着给他结了婚，也许就好了。

　　"现在不是换工作的时候，主要是要解决你个人问题，如果结了婚了，有了孩子，你下地狱都愿意呢！"

　　"你觉得可能吗，在戈壁滩上找对象可能吗？"

　　"怎么不可能？你要主动一些，现在条件好了，认识的女孩多打电话交流，网上也可以交流，你这个年龄了，老大不小了，你得正视你自己，正确评估你自己！"

　　"少再提我的个人问题，这是我个人的事！我自己处理！"

"你太自私了，你只考虑自己，这难道仅仅是你个人的事吗？"

"我不找了行了吧！我一辈子打光棍！"

"就你这种态度，你对得起谁，对得起妈吗？对得起医院里的爸吗？你无缘无故这样做什么？我们欠你多少，你为什么不能体谅一下我们，体谅一下爸的心情呢？"

"我不肖，我是畜牲，我谁都对不起！我谁都不如！"

"给你介绍了几个，你一个都看不上，你自己谈的呢，一会儿说要结婚了，没过几天就分手了，你是三岁小孩啊？"

大约讲的时间太长，我感到自己的右耳有些难受，于是又将手机换到了左耳。我想起曾经给他介绍过的几个对象。我们带那个女孩来家里玩，给他们创造交流的机会，我们还一块去看电影，可是他说这个女孩不老实，一会儿一个电话，一会儿一个短信，肯定有男朋友的。后来我们还给他介绍了一个，那个女孩对他喜欢得很，一心要跟他，缠得可紧了，他却有些受不了，他跟那女孩接触了一段时间，就不理人家了。我还记得他曾经带着一个女大学生来家里，那个女孩起床不叠被子，好吃懒做的样子，让人生厌。他还与一个有心脏病的女孩交往过一段时间，也不了了之。最让他受刺激的是，他认识了一个女孩，这女孩装得可怜，骗了他的钱不翼而飞，这几乎把他气疯。

"我就是三岁小孩，在你眼里头我就是神经病！你爱咋说咋说！"

"你现在心全乱了，不知如何经营自己了，还是尽快建一个家吧！这才有可能会挽救你现在的心态。"

"在戈壁滩上就是找不上！"

"回来找吧！请长假！"我说，"在找对象这件事上你已经有心理障碍了，如果是帮钱，我宁可给你些钱，但你现在这种心态我怎么帮你，你要调整自己！"

"我就是个疯子，疯子，你不用管了！"一谈到精神状态，大约我经常这样说他，他受了刺激一样，声音又大了起来。

这几年来，每次打电话，说着说着，我就不由得说到了他的婚事。我一直催他，催得他都神经质了。有时他就将谈了很短时间的女朋友带到我们跟前来了，一段时间带了好几个，让我们看哪一个行，那样子他身边的女孩子很多。其实，女朋友多就意味着没有女朋友。当这一切都如过眼烟云一般消散之后，等一切冷静下，只剩下他孤伶伶的一个人后，我突然觉得，他是不是还在恋着中学时代的那个女孩？

那个女孩是我们的邻居，他们两个人从小到大，一块玩，一块上学，直到高中关系一直很好。可惜那个女生的父亲硬是将女儿嫁给了一个女儿不喜欢的人，弟弟为此暗暗地流过眼泪。婚后，他们两个多少还有些联系。前年，她离婚了，她的丈夫跟保姆住一块了。在弟弟的心目中，两小无猜、青梅竹马的这个女孩，不但人长得漂亮，而且会写些文章，是他一辈子的最爱。我想，是不是他念念不忘这个女孩，虽然她结了婚又离了婚。于是我打电话给这个女孩，希望她与弟弟多联系，我委婉地表达了我的意思："我们家都喜欢你！我弟的精神状态不是很好！你多同他聊聊，你们能聊得来的！"那个女孩听了，说与弟弟常聊天："他是个聪明人，他挺开朗幽默的呀！"我没想到她对弟弟的印象还这么好！在我的意识里，弟弟的精神面临着错乱，没有多少生存的硬本事，没有文凭，没有好的身体，皮肤也黑，尤其是胃病越来越严重了，到底有什么优点呢？

"反正我不想在戈壁滩上待了，我要离开这个地方，我想好了，我带爸到 X 城去！"

"我并不是不支持你到外面闯闯，我希望你有了家庭后再做决定，以后有了积蓄可以做些生意！"

"我现在就想走，我一刻都不想在这戈壁滩上待了！"

"X城有什么人,你投奔谁去?你都在这儿生活了十年,你说走就能走了?"

"X城有我的高中同学!"

"同学对你好,还是我对你好?同学可靠还是我可靠?"

我想,他可能是朋友太少,他的生活中是需要一个朋友的,记得他经常在 QQ 签名,暴露自己的心情,看得出他确实需要一个人倾诉,而我却无法充当他的朋友的这个角色。我想转移一个话题,我不想再纠缠在这件事情上了,我想时间会解决这一切的问题,比如婚姻,比如工作,比如……都交给时间吧!

"好了,你爱干啥干去!我也管不了你了,你长大了!"

"我要把爸带走!"

我有些无奈,母亲过世后,父亲患上了忧郁症,他的高血压病犯了好几次,先是我跟前住了一年,处处谨小慎微,衣食住行都无法适应城市的生活,后来与我大吵大闹,以给母亲过三周年为由,我们一起回了老家后,就不愿再进城了。他说死也要死在老家,死在黄土里:"我要和你妈埋在一起!你们想把我的骨殖扔到戈壁滩上吗?"我说:"到时候我们一定会送你回来的,你放心吧,我也懂,落叶归根么!"但父亲死活不愿随我再来城里。我与弟弟走后没多长时间,父亲就出现了轻度脑梗塞,好心的邻居及时帮我们将父亲送到了医院治疗,病情得到了控制。后来,我又将父亲接到了身边,但没过多长时间,父亲嫌我这儿车多人多,又嚷着回到了老家。大约在老家待了一个月时间,我一次打电话时,父亲已经说不出一句话来了,我立刻就叫邻居送他到了医院,父亲已经半身不遂,大面积的脑梗塞,送到医院已经太晚了。后来父亲出了医院,要做康复训练,他的右手一拉开又会蜷在一起,走起路来右脚尖蹭在地上,嘴巴斜着,不能言语。我示意要将父亲接到身边来,但父亲瞪着呆滞的眼睛不愿意,我说那要不待在弟弟跟前,父亲点头同意了。我明白,父亲是想与弟弟待在一起，他还是不放心弟弟，他要看到弟弟找到女朋友，看到结婚，他才会放心地离去。再说弟弟所在的小城市不像我这儿吵闹。于是，我只好与弟弟商量把父亲送进了一家老年康复中心。

"算了，我过几天把爸接到这边来吧！"

"你不要管，我带爸走！"

"你带去，又租房子，又找工作，你能得很！"

"反正我不想在戈壁滩上待了！这事我能处理好！"一碰到这实际问题，弟弟的情绪再没有先前那样激动了。

"爸最近怎么样？"

"放心，好着呢！"

记得父亲刚住进康复中心时，不习惯，几次就跑回了我原来的房子，让医院的人好找，有一段时间，处处对抗医护人员，还打别的病人，见了弟弟也打，咬牙切齿地就是说不出话来。有一次，父亲当着弟弟的面像小孩子一样大声地哭了，哭了半天，就不哭了，自己战战兢兢地起来倒水喝。我知道父亲心急，他还是想老家，想与母亲一起生活过的那院土房子，想庄稼地，他曾经做过努力，还是适应不了城市里的生活。我觉得还是自己无能，没有更多的时间陪父亲，让父亲没有感受到家的关怀，而觉得是拖累了我们，觉得我们这个家不是他的家。

一想到接父亲来我身边，我就有些头大，要给父亲在这个大城市找一家像样的康复治疗中心，一个月至少得三四千块钱，几乎是我一个月的工资，如果不送康复中心，我们两口子都上班，还要照顾刚上学的孩子，真正的上有老下有小，我得把自己劈成两半。而在弟弟所在的小城市，环境好不说，也省钱，一个月一千五，我们的压力都小，父亲在康复中心一年多了，所有的费用都是弟弟支付，他不要我一分钱，这一年来，我十分感激他，总觉得他还是尽到了一个儿子的孝道，但唯一让我心急的就是他的婚姻问题。如果他这一去 X 城，明显是我无论如何得接父亲来我这边，这让我也有些着急。

"你还是听我的话，有些事情不能栽了跟头再说后悔，那就来不及了！"我还是想留下他，说服他，"要不，你来我这边找工作吧，找好后再卖掉那边的房子，这边大城市，对象还是好找，就是生活工作压力大！"

"我不来！"我的话还没说完，他就来了这一句，我被噎得不知说什么好！

"好了，好了！你等这个月底吧！我了解一下这边的老年康复中心情况！"

"我在 X 城已经打听好了，你就不用管了！"

"你给谁赌气，啊？我到底哪儿对不住你了？"我也急了，声音抬高了八度，"你吃炸药了？说话老这么呛人！"

这时候，弟弟突然间沉默了，他似乎做好了接受我批评的准备。

"你不但要对你自己负责，还要对这个家负责，不要想干什么，就干什么！……"连我自己都说不清，我一时都说了些什么，但我知道自己也气得浑身发抖，"你是不是觉得我在股票上没给你挣到钱，你是不是觉得你负担爸的医疗费太多了，我还欠你装修房子时给我的钱，你说呀，我可以全部给你，我早就知道，亲兄弟，明算账……"

弟弟还是一言不发。

"喂，喂……"

"哥，爸的病这些天严重了，刚才医院又打来了电话，说不准哪一天就不行了！千里之外，我们总不能把爸埋在这戈壁滩上吧！"弟弟的语气突然出奇地冷静低沉，似乎从地下传上来的，含着一种说不出的悲伤与沉重，让我的话突然间噎在喉咙间吐不出来！我突然明白，X 城离老家、离母亲的坟墓只有几十公里。

十年一晃就过去了，弟弟还是离开了戈壁滩，他带着父亲离开了，他考上了中级会计师职称，先后在几家企业任职，频繁跑跳槽，后来在一家上市公司成了主管会计，收入一下子上去了，再后来他被委派到了浙江公司当财务部经理，紧接着在杭州买了房，找了对象结了婚，也很快有了一个活泼可爱的男孩。真的，这一切的变化让我无法想象，一切的变化，真是应了那句话："人挪活，树挪死！"像我十多年仍然在这家公司，职务上一点没有上升，生活是按部就班，越来越觉得是混天度日，仿佛温水煮青蛙，生活与工作都没有激情了。

现在不知为什么，我又一次回想起了弟弟那天晚上的电话，以及电话里的风声，那天晚上的风声好大，似乎多年来一直响在我的脑海中，现在似乎更大了，几乎要将我像一棵树那样连根拔起来了！

装在口袋里的放大镜

　　早上，王新生决定去一趟县城，他的内心很复杂，为了这个决定，一夜没睡好。昨晚在北京上大学的女儿打电话回来说要1000块钱，这让他一筹莫展。就在女儿电话挂掉之后，堂弟冬子打电话说高中同学大老板王大雷回来了，想见见他！十多年前，他曾借过王大雷2000元钱，一直未还。

　　春节渐近，天阴着，却一场雪也没有下，老天爷也似乎有着沉重的心思，屋里院外弥漫着一层令人害怕的寒气。饭后，王新生把家里收拾停当准备出门，儿子碎碎还赖在床上。儿子已经十六岁了，个头比自己还高，看看儿子，王新生就有一种揪心的痛苦。十岁那年儿子经历了一次溺水，当时儿子被人从水里救出来时，他还在碾麦场边的麦草垛下同人下象棋。可怜的儿子，从救上来的那一刻起，智力似乎就停止了发育，随着岁月的流逝，与身体的发育形成越来越大的反差。

　　当时老婆哭天抢地，骂他是个窝囊废，自己瞎了眼找了这么个男人。再后来，两个人三天两头就吵架，日子越过越没劲。两年后，老婆同村子里人一块出门打工去了。王新生本想她也就是赌赌气，没想老婆一出门一晃十多年也没有回来。

　　王新生的右脚刚迈出门槛又抽了回来。对儿子说：碎娃子，我去一趟县城，天黑了就回来，你在家好好看着爷爷！

你——你——你，不是要去吃福贵儿子的满月酒吗？儿子问。

吃完就去！王新生急匆匆地说：看好爷爷，水别给喝太多！

儿子一骨碌从炕上坐了起来：爸，爸，你把——把把我带上吧！我我我，我也要吃吃——吃吃酒席去！

王新生有些恼怒。儿子见状有些惊怵，低下了头："我，我不是想喝酒，我想看看新媳妇。"

前些天，邻居海红订婚。儿子从墙缝里看到了海红未过门的媳妇，穿着一件粉红色的羽绒服，紧身裤裹着两条细细的腿，一双眼睛便直勾勾地盯着人家不放。等人家出了山路，看不到身影了，他还在塬边上呆了半晌。儿子回家后对他说，自己也想有个新媳妇。他看了看眼前比他个头还高的儿子，一时不知如何回答。现在，村子里许多年轻人娶不起媳妇，彩礼高得吓死人，好在他还有一个女儿，在北京上大学的女儿，这是他们家唯一的希望。

王新生叹了一口气，走到炕前说："听话，你还小……"

儿子没有抬头，仍不敢看他的眼睛。

这时，又小声地埋怨：要是妈妈和奶奶在，吃满月酒的事就轮不上你，她们会带上我的。王新生假装没有听见，又说了一句：听话！

王新生与老婆也没有办离婚手续，村子里有人风言风语，说王校长花了钱给儿子娶的媳妇，现在别人领着逛世界呢！他知道老婆在西安的一家酒店工作，他曾经去找过，酒店的人说她早不在这儿干了。找了几次，他也就死了心。不过，每年过年前后，老婆总会给他寄点钱回来，或者直接寄给女儿，但就是不回家。儿子小的时候，他不知如何给儿子解释，他一直这样哄骗儿子：你妈在兰州一家酒店做事呢，今年当了主管，当了经理，当了副总……王新生每年都给老婆提拔职位，可是，现在儿子也不相信他了。

"看好爷爷！"王新生在儿子的头上轻轻地摸了一把，转身就出了门。

王新生的父亲王校长两年前因脑溢血半身不遂，睡在隔壁的房子里。王校长当了四十多年的民办教师，他教出来的学生，有的当了官，有的成了工程师，还有的也当了教师。这些有头有脸的人见了他，虽不至于鞠躬行礼，也是满面恭敬地喊校长。王校长生了五个女儿一个儿子，王新生是最小的独子，从小就溺爱有加。那时候，王校长虽说一个月工资几十块，后来涨到一百多块，在村子里已经是富裕家庭了。

小学时，村里人给王新生起了一个绰号"大学生"，这不单单是讨好王校长，实在是王新生懂得太多了，他读了王校长书架上所有的书，连校图书室的书大半也借着读完了。王新生五年级时就能在懒人摊绘声绘色地讲鲁智深倒拔垂杨柳、武松醉打蒋门神，能讲火烧赤壁……那时候，一家人包括五个姐姐都知趣地放低了自己的身份，似乎这个最小的弟弟将会是家里最有出息的人，以后的生活也许要巴望他了，时时处处让着弟弟，好吃好穿留给弟弟。

可惜王新生的眼睛从小就有毛病，诊断为双眼球震颤。王校长为儿子的病跋山涉水，四处求医，连几个女儿的彩礼也搭进去了，也没有治好。初中毕业报考中专师范学校，王新生以第一名的成绩预选上了，可正式考试时眼睛毛病犯了，考化学那门课，好多的元素符号不停地在他眼前跳，结果只考了10分，与师范院校擦肩而过。虽然这样，王新生仍然以较高的分数考入了县城一中，并与王大雷成了同桌。

与王新生一起考入县一中的，还有同村的小学同学黄秋霞。黄姑娘是一个单亲家庭的孩子，跟母亲过。那时候黄秋霞扎着一双羊角辫，一双眼睛又大又好看。经常来家里，同王新生一起吃饭做作业，王校长心里喜欢，但嘴上不说。

王新生与黄秋霞每周日骑着一辆飞鸽牌自行车到县城去上学，周六回来。王新生把车骑得飞快，吓得黄秋霞在后面紧紧地抱着他的腰。上高二的时候，俩人常常在晚自习后在校园内外步调一致地散步，有时在无人的树荫下手拉着手。那时候，学生们都读金庸、古龙、梁羽生，读琼瑶，王新生则读路遥、莫言、贾平凹，读《小说月报》这样的杂志。王新生能大段背诵《红楼梦》里的诗词，多次作文竞赛，都获了一等奖。后来，王新生竟然在学校里又获得了一个绰号"性感"。起因是王新生一次在作文里描写了一个女孩子，用了这个词。老师在课堂上念他的作文时，引起了哄堂大笑。下课后，王新生很快就有这样一个绰号。

上高二后，王新生的成绩直线下降了。有人说是与黄秋霞有关，是他们一起散步把学习的心散没了。后来的结果更令人吃惊，王新生高考连预选都没有过，而黄秋霞则实现了王校长的梦想，考上了一所师范院校，成了平川一所市属中学的公办教师，领着国家发的工资，找了一个当公务员的丈夫，过上了幸福甜蜜的生活。

王新生落榜后去兰州打工，当时高一就辍学的堂弟冬子在兰州东岗一家招待所当厨师。王大雷落榜后又复读一年，仍然名落孙山。也不得不上兰州来找工作，他们俩在一家做地下管保温的公司干活，一起吃饭，一床睡觉，几乎成了患难之交。有一次，王大雷受了别人的气，王新生便替王大雷出头，两个人合伙将对方狠揍了一顿，没想到王新生打人时把自己的手指也弄骨折了。

看到侄儿冬子有一个稳定的工作，也早早地结了婚，而黄秋霞也成了城里人，更不敢奢望了，王校长对自己这个曾经引以为豪的儿子，只能是恨铁不成钢了。王新生在外面打了三四年工，没挣上什么钱。王校长痛定思痛，便让儿子也上了烹饪技校学了厨师的手艺。学完厨师两年后又很快给儿子说了一门婚事就匆匆地结了婚。

有一年春节，王新生与冬子喝酒。冬子说起在兰州的往事，嘲笑王新生把自己的衣服脱下来给王大雷穿，自己却冻感冒了。"瓜尻么，自己穿不暖着呢！还把毛衣脱给了人。"王新生一听便起立离了席，冬子在身后追上拉也没有拉住王新生，从此后，两个人就再也没说过话。后来，因为家庭的种种变故，王校长脑溢血后半身不遂，王新生母亲胃癌去世，妻子离家出走，王新生长年外出打工，境况极为恓惶，一天不如一天。

昨天晚上，王新生起先没有听出冬子的声音，电话那边冬子有些嬉皮笑脸，让王新生猜自己是谁。

王新生因女儿要钱，正心烦得不知如何是好，便嚷嚷道：有话快说，有屁就放！冬子这才一本正经地说自己是王冬子。王新生一听，也没有好气地说：别拐弯弯，快说，有啥事快说！

"王大雷知道吧，大老板王大雷想见你呢！"冬子说。

王新生听了，脸上的表情急剧变化着，先是一阵兴奋，进而很快又变得严峻了起来。

当初在兰州，王大雷打了半年工后去当了兵，退役后跟一个战友的父亲做钢材生意，几年后发了财，后又开了公司。是的，现在的王大雷已不是当年在兰州打工时连一件像样衣服都没有的王大雷了，他成老板了。王新生也多少知道王大雷的情况，但就是因为那两千块钱没有还，而不知怎么是好！他不是想抵赖，实在是拿不出这些钱来还。当时，王新生受了骗跟别人搞传销，过年时连回家的路费都没有了，万般无奈才打长途电话求助王大雷。王大雷二话没说就给王新生汇了两千块钱。王新生得救一般地跑回了家，用王大雷给的钱办置了些年货。那一段时间，王新生嘴巴里最多的话题就是他有个朋友叫王大雷，是个大老板，出手多么大方，那意思王大雷那两千块钱是随手给他的，不是借的，那两千块钱对王大雷而言不够一顿饭，只能抽几包烟，算不了什么的！大约是他一遍遍地这样说，自己果真以为那两千块钱是不用还的。但不知为什么却一直未与王大雷联系，其间换了几次手机号，他每次却要把王大雷的号先输进通信录。现在，王大雷回来了，而且想见他，这让王新生如梦方醒，仿佛意识到，那两千块钱是借的，迟早是要还的。

"我，我明天还得吃席去！"王新生竟然说出了这样的话。引来了冬子的嘲笑："谁没吃过个席一样，你看着办，大雷让我给你打电话，我好不容易找到你的电话！"

那那，我，我去，我明天去县城！王新生又说。本来还想补充说什么，发现冬子已经把电话挂了。

的确，王新生不知如何面对王大雷，这么多年过去了，他一直没有给王大雷还钱。王大雷之所以不给他打电话，也恐怕有些什么顾虑。而冬子是不知道这一切的。

实际上，王新生根本就没有去吃满月酒席，他骑了那辆用了二十多年的破自行车，一路奔向县城。去县城山高路远，骑自行车至少得两小时。王新生骑了一段后突然掉了头，又向高台镇二姐家骑去。二姐夫在高台镇开了一家杂货店。到了杂货店，二姐看到他匆匆忙忙的样子，就问到哪里去，还未等他回话，二姐夫竟然说：这几天刚进了一批货，手头紧得很……王新生一听就动了气，涨红着脸说：我没说要向你借钱啊！我要去县城，车子放这儿去坐班车哩！

二姐夫边干活边哦了一声，二姐黑着脸给他倒了一杯水。他小心地把车子靠墙放了，看了一眼桌子上的茶水，扭头就去了汽车站。

王新生赶到县城时已经中午一点多了，午饭都过了，他顾不上吃饭，就去了冬子的旅社。冬子因事出去了，冬子的父亲——他的三叔同两个闲人在大厅值班室里玩扑克牌。他看了一眼王新生：哦，是新生！进来坐，冬子说让你到了等一等，王大雷下午才能到，回塬上给他妈上坟烧纸去了。

前些年，王新生曾在冬子父亲开的酒店里当过厨师，听说跟一位女服务员有了不明不白的关系。冬子曾传出话来：亏他先人哩！辛辛苦苦地挣下钱给人家人了！

因为这件事，王新生被他的三叔辞退了。对于侄儿不光彩的往事，他似乎忘了，依然淡然地出牌，他抽牌的动作缓慢极了，像在做一个什么大决定，又像是心不在焉地思考什么，也没有给侄儿让座。王新生坐也不是，站也不是，有些难堪。正在这时，一个老头说自己还有些事，招呼王新生来替他打一会儿牌。王新生一看三缺一，半推半就接上了牌，他坐下后支支吾吾地问了一句：打多大的？

旁边另一个老头说：一块的！

王新生下意识地摸了一下口袋说，我，我打一会儿，一会儿也得走。可是，这个王新生啊！他一打起牌来就入了迷，就忘了来县城的目的，甚至忘掉了饥饿。

太阳很快就偏西了，这期间也有人进来登记住宿，其中有一对学生模样的年轻男女要钟点房，男的瘦瘦的，染了黄头发，把一百元押在了前台，女的有点害羞，跟在后面。前台的女服务员临时出去了，王新生的三叔很熟练地办完了住宿手续，还讨价还价了一番，收好钱，又慢慢腾腾地回来继续打牌。

大约下午五点的时候，王大雷出现了，穿着十分朴素，他进门后很有礼貌地向大家问好，递烟，谦虚而斯文，完全不像一个财大气粗的暴发户。王新生有些慌张地站起身，有些不自在地伸出手同王大雷握了一下。十多年不见，王大雷完全变了一个人，长得又高又胖，面色红润、声音洪亮，完全没有了当年兰州打工时的寒碜模样了，平时镇定自若的三叔也因王大雷的气场变得有些局促不安了，招呼前台服务员倒茶。

"你们玩，你们玩，我看一会儿！"王大雷一边说一边拉了凳子坐在了一旁。

很快，冬子打电话来了，三叔接了电话又转给了王新生，王新生接上电话，似乎心思还在打牌上，思维有些不大清楚。冬子在电话里低声地指教，说王大雷还没吃饭，想吃家乡的饭，他还有些事走不开，那意思是让王新生陪王大雷吃个便饭，晚上他好好安排。王新生听了，一连说好好好！挂了电话，中了邪地继续打牌，似乎根本没有听明白冬子的话。

王大雷本是想请王新生吃饭的，毕竟是同甘共苦的朋友，而且王新生在兰州打工时还帮他出过头，打过架。他曾经托人打听过这位老同学，也知道些王新生的家庭情况，想实实在在地帮助他。可是，当他再次看到王新生时，内心充满了无尽的悲凉，他不知如何才能帮助这个朋友。坐了一会儿，王大雷便起身推托说自己还有些事，得出去一趟。冬子父亲边打牌边说，那你忙，你忙！王新生竟像没有听见一样，仍沉迷在打牌之中。王大雷出门时回头又看了一眼，当时王新生因赢了几块钱而有些忘乎所以！

王大雷一个人吃完饭回了宾馆。冬子回来后问，王大雷呢？王新生竟然说不知道。冬子黑着脸让打牌的人赶快结束，王新生腼腆地站起身来，数了数钱，说自己输了十二块钱，似有不甘。另外两个老头也说自己输了，只有冬子的父亲呵呵呵地笑着说，我好像赢了不少！

这时，太阳已经落山，远处的高台山被夜幕笼罩，山上的寺庙里隐约有几星灯火，散发着一种不可捉摸的气息。小县城则是一片灯火的海洋，比起白天来显得更加热闹了。

冬子开车去接王大雷，王大雷刚洗了个澡，头发梳得光亮整齐，他勉强地笑了笑，说自己这几天有些累，刚休息了一会。王新生见状表情有些不自然，也望着王大雷笑了一笑。王大雷眼睛的余光扫了下王新生，就直接上了车。

冬子安排王大雷、王新生，还有几个同学去了一家叫瑞豪的
KTV 唱歌。一上二楼，到处都是歌声，男男女女，人影幢幢，吵
闹极了。每一个包厢都是满的，暧昧的灯光下到处散发着酒精的
味道。其间王新生终于从梦里醒了过来一样，突然很想与王大雷
说几句话，可不知从何说起。其他的几个同学与王大雷一边唱
歌，一边又说又笑，王新生则显得异常孤单。后来，王大雷的一
位初中女同学花枝招展地来了。这位女同学在外地做什么生意，
烫了卷发，涂了口红，整个人香喷喷的。大家边喝啤酒边号叫，
王大雷突然情绪十分亢奋，竟然什么歌都会唱似的，先是与女同
学唱了《纤夫的爱》，后来又搂着女同学的腰同唱了一首《心
雨》，大家一通鬼哭狼嚎。王新生坐在沙发上，在光怪陆离的灯
光下像丢了魂，一声不吭。

后来，王大雷又请大家去了一家叫怡心咖啡的茶楼喝茶，四
五个同学又喝了一会儿茶。他们聊起了上学时候的一些趣事，这
其中就说到了王新生。说那时候王新生力大无穷，王大雷与另外
一个同学摔不过王新生一个人；说王新生当时还会跳霹雳舞，尤
其背身倒下然后拉绳子慢慢站立的那个动作，真是逼真极了；有
同学说王新生的太空步，真正像是在太空行走，轻盈极了……王
新生痴痴地望着眼前的几个同学，仿佛在听别人的故事。后来，
一位同学竟然提起王新生高中时的绰号，他们几个人便哈哈哈大
笑，王新生也腼腆地笑了。后来，大家央求王大雷发微信红包，
他们边喝茶边在同学微信群里抢红包，王新生没有在同学微信群
里，听到王大雷的女同学不停地尖叫，不知抢了多少钱，有些着
急。王大雷见状气定神闲，看着同学们抢红包。后来他发现王新
生不知所措的样子，就凑过来教他操作手机，王新生起先不好意
思拿出手机来，是烂了屏的一部旧手机，后来还是王大雷说玩一
玩，他才将手机给了王大雷，他说自己不太会玩。王大雷接过王
新生的手机，上不了网，说着就打开了数据流量，王新生听了有

些紧张。后来他终于把王新生拉进了同学微信群。

幽暗的灯光下，王新生看不清手机屏幕上的字。群里头有很多的同学向王新生打招呼，他们说性感同学进群了，可王新生还是看不清。于是，王新生将手伸进裤子口袋里，摸了摸，掏出了一个黑色圆边的放大镜，他像战争电影中军事统帅看地图一样认真地看群里的回复。几个同学一看这种情况，包括王大雷在内，突然都不作声了，茶屋里好一阵寂静。

过了一会儿，王大雷打破难堪的局面，招呼大家说：喝茶，喝茶！于是，大家便接着喝茶，可是王新生还是有些失落，他没有抢到一个红包，哪怕是一块钱的红包。只有王大雷劝他喝茶时他才会端起来抿一口。

临近午夜十二点时大家伙就散了。

在咖啡馆楼下，王大雷问王新生晚上住哪儿，王新生有些慌乱，撒了谎说：县，县城里有亲戚，有亲戚！王大雷说要不在我住的那个酒店开间房，晚上再聊一会。王新生见初中女同学紧紧地挽着王大雷的胳膊，便说不了，接着又支支吾吾地说：

那，那两千块钱，我，我有了一定还你！

王大雷听了，眉头皱了下说，哦，我早就忘了这事，你……

这时，女同学又拉扯他的胳膊，似乎有什么事等不及了一样。王大雷斜着身子边走边向王新生说，回头再说，回头再说！

王大雷与女同学转身的瞬间，王新生竟然抬起胳膊，向他们的背影下意识地挥了一下手。

…………

绑 架

1

晚上，表哥刘大鹏来我的宿舍：表弟，我，我还是拿不定主意，你，你——你说把肾卖给外国人好还是中国人好！

地下室十分阴冷，昏暗的灯光下，表哥喝得五马长枪，舌头像肿了一样。

"谁给的钱多就卖给谁呀！"

"都差不多呀！"

"多少！"

"二十万！"

"呀，这么多，够买三十平方米房子了！"我环顾了被床占了一大半的居所，以及墙角散发着浓重臊味的尿桶，也有些激动，"奶奶的，这是一个天文数字！"

靠在床头玩手机的小芳斜了我一眼，使劲地抿了抿嘴唇，极力地隐藏她那排獠牙，我知道她想在表哥面前留个好印象。

"我打听了，卖，卖掉一个还能结婚，能结婚！"表哥身子晃了一下，一屁股坐在了床沿上。床是我从旧货市场淘来的，它的负荷勉强能承受我与小芳两个瘦小的人，如果再加上 1.82 米 80 公斤的表哥，非垮了不可。表哥下降的屁股还未挨上床垫时，我已经迅速地弹跳了起来。

表哥卖肾是为了唐玲玲。

我和表哥、唐玲玲高中时在一个班。唐玲玲是公认的班花，高二下学期我辍学到Q城打工，她又荣升为校花，每天接受全校男性的注目礼，有些荷尔蒙十分旺盛的男老师，总找各种借口给她补课，为了让她当科代表常常还明争暗斗。

唐玲玲给我的印象除了长得漂亮外，性情冷淡，课堂上也很少回答问题，整天形单影只的样子，像怀着什么沉重的心思。后来，她竟莫名其妙地被选进了校田径队，这让我们不得不怀疑体育老师的动机。不过，高二的秋季运动会，彻底改变了我们的看法。

当时是四百米长跑，唐玲玲穿了一件短裤，白生生的大腿露在外面，太阳下十分晃眼。哨声一响，唐玲玲像一只矫健的母鹿，飞一样离开起跑线，四肢划着优美的弧线，奋力地向前奔跑，胸前的双乳像两只小兔子一样兴奋地跳跃着。同组的几个女生相形见绌，上半身与下半身根本配合不起来，两条腿之间像有胶皮绊着，让人哭笑不得。后来，大家回忆起那天的场景时都感叹不已，有人说唐玲玲跑出了一条汹涌澎湃的河流，全场所有的人掉进了河中不能自拔；有人说唐玲玲把自己跑成了丘比特的神箭，在场的每一个男性的心都被射穿了。

运动会后，男生们中间开始传颂着一个下流的顺口溜：美不美，看大腿！表哥刘大鹏很快就陷入了单相思，上课时注意力总是在前排唐玲玲的身上。说准确一点，是在唐玲玲的大腿上，后来发展到无缘无故地伸出手，在空中做一个抚摸的动作。

这真是不可救药。

我不知该怎么办，谁能想得到，一个一米八二的男子汉，一个校篮球队的神投手，竟然有一颗多情的心。

2

"还是为了唐玲玲?" 我问表哥。

他打了一个酒嗝:"房子,房子……" 紧接着眉头挽起了一个疙瘩。

我知道表哥的苦衷,没有房子,我们就像一叶小舟,在城市的大海里永远是漂泊的感觉。我庆幸早早地辍了学,如果像表哥那样等到高中毕业再出来混,有可能地下室都租不起。

回想当年在学校,那时我多少有些担心表哥会犯罪,比如在某个阴暗的角落里等唐玲玲过来,老鹰抓小鸡一般地将她劫持到无人的地方;或者为唐玲玲与某个男生发生械斗。的确,表哥的心思全在唐玲玲身上,学习成绩直线下降。有一次历史课上,表哥与同桌偷偷地下象棋,在课桌前摆上一摞书作掩护。正下得难分难解时,历史老师从讲台上就扔下了一颗粉笔头打在了表哥的鼻子上。没想到转身在黑板上写字时,表哥又将粉笔头还给了历史老师的后脑勺,那个白白的脱光头发的后脑勺突然间就变红了。一时引起了全班同学的哄笑,有的同学笑得快岔气了,有些眼泪鼻涕的。历史老师转过身,怒不可遏地冲下讲台。表哥见状立即起身迅速撤离座位,与历史老师玩起了"老鹰抓小鸡"的游戏。全班同学快疯了,一个个前仰后合,笑声让我们连下课铃声都没听见。表哥经过唐玲玲的身边时,发现全班同学中只有唐玲玲一个人没有笑,他一下子就蔫了,整个人像霜打了的茄子。

有一天午休时,表哥与班里的"大画家"王军划拳喝自来水。王军画了一张画,旁边写了唐玲玲的名字,画中的唐玲玲穿着短裤和背心。王军真是个天才,他将唐玲玲的乳房画得非常夸张,乳头那两个点涂了重重的墨水,大腿及臀部画得性感极了。王军说谁赢谁亲一口唐玲玲,谁输谁喝一杯自来水。两个人都兴奋得哇哇大叫。

开始王军赢了好几拳，他夸张地亲了唐玲玲的嘴、脸蛋，嘴里发出波波的声响。后来王军又输了，表哥也亲了唐玲玲的脸和嘴，尤其是在唐玲玲的大腿上停留了较长的时间。很快两个人就喝了一肚子的水，胀得几乎一走就破，可仍乐此不疲，一直想亲吻下去。后来，两个人吵起来了，原因是王军竟然亲了唐玲玲那双画得相当夸张的乳房。表哥骂王军是流氓，王军争辩说："事前又没有约定不准亲奶头啊！"表哥气极了巴掌就扇了上去，又将那张画一把拿过来就撕了。事后表哥有点后悔，他看了看坐在最前排的唐玲玲，心底里突然寒气阵阵。

记得有一回，唐玲玲跑步时不小心摔倒了，小腿骨折，疼得头上直冒汗，眼泪也流出来了。表哥立功心切，叫了几个男生与体育老师一起将唐玲玲送到了医院。唐玲玲的爸爸妈妈都来了。她爸爸高高的个子，白净的脸，背微微有一点儿驼，不大爱说话，是县电厂的工程师，很有知识分子的气质。她妈妈油头粉面，烫了卷发，显得胖而多语。不知为什么两口子在医院过道里吵起来了。她妈妈责怪她爸爸不会拉关系，女儿病了连个床位都弄不上，边说边气得落泪，一副恨铁不成钢的样子。唐玲玲的爸爸则小声地训斥："胡扯，简直胡扯！"那声音虽小却冷冷的，极有力量。

3

论长相，表哥与唐玲玲是般配的，正如我同小芳一样。

我这个人最大的优点是有自知之明。比如我看到自己的学习成绩后就知道大学的门向我是关闭的，继续读完高中是浪费家里的钱；再比如我看到村子里小青年进城打工后，回来都西装革履光鲜亮丽的样子，有的连普通话也会讲了，没几年也都说上媳妇过上小日子了，我就觉得自己也得到城里去打工，尽快地为自己将来的小日子做准备。可表哥竟然因为唐玲玲继续坚持在课堂上，白白地浪费我姑父的血汗钱。

五年前，表哥名落孙山，出乎意料的是唐玲玲也榜上无名。看到白发苍苍弯腰驼背的父母，表哥如梦方醒，深感辜负了老人的一片苦心。毅然沿着我的足迹来到了 Q 城。在我的帮助下，表哥先是到大唐物业公司当了一名保安，当他穿上那身灰不溜秋的保安服，戴上大盖帽时，我恶心得差点吐了。表哥却浑然不觉，脸上的表情还有点兴奋。

表哥每天工作十二个小时，他的工作主要内容是对进出阳光小区的人员进行登记，看护小区内的车辆并收取停车费。可时间一长，表哥就厌倦了这份工作，开始有些魂不守舍。有一段日子，他心里乱得很，想另找一份工作，但不知道自己还能干什么。

一天傍晚，阳光小区发生了火灾，小区靠北边最里的 65 号楼冒烟了，远远可见火苗的舌头疯狂地舔着窗玻璃。表哥同几个保安闻声后就跑了下去。当时楼前已集聚了好多的人，乱作一团。

"里面有一个老人，救人，救人要紧！"

"防盗门打不开，也许里面的老人早不行了！"

很多人踮着脚尖昂头往里看，有些人扭头向小区大门口看。消防车估计堵在路上了，警察可能闹肚子了，一个人影都不见。

表哥见状，奋不顾身地就扑了上去。他从二楼住户家的阳台翻了上去，一拳砸碎了三楼阳台窗户的玻璃，烟呼的一下就涌了出来。他做了一个单杠引体向上的动作，翻了进去。火是从厨房燃起的，已经蔓延到客厅了，满房子的烟雾。一个老人趴在客厅的地毯上，已经昏迷了过去，表哥屏住气，把老人抱了起来，他找到了防盗门，可无论怎么也打不开，情急之下，只好将窗帘拽了下来，把老人从窗户里吊了下去。表哥用袖子捂了口鼻，找到了卫生间，接了水往厨房与客厅乱泼一气，很快就灭了火。

消防车来时，表哥已经胜利凯旋了。表哥的头发烧掉了一半，脸上乌黑乌黑的，要是再抹上一把血，完全就是一个英雄的样子。120急救车拉走老人之后，表哥感到右臂火辣辣地疼，才发现玻璃割伤了自己的右手腕。这时，一个矮胖的男人，眼泡肿胀，脑袋光秃秃的，慌慌张张地跑来了，边跑边叫："妈——妈——你不会有事吧!"这个人就是李大超。

物业公司的陈经理对表哥的英勇行为只是淡淡地表扬了一下。他担心表哥的生命有个三长两短，物业公司有可能要赔一笔钱。表哥当时没想那么多，只想着救人救火。李大超后来给物业公司送了一面锦旗，给表哥送了一千块钱。李大超脖子上手腕上金链子大幅度地晃荡着，恭恭敬敬地给表哥鞠了一个躬："谢谢你，兄弟，谢谢你救了我母亲的命!"

现在，与表哥的肾源能配型的除了一个外国人外，另一个就是中国人李大超。

"昨天李大超给我打电话，他愿意再加五万，可是我却不想卖给他!"表哥的语气恶狠狠的。

在医院里，表哥曾碰上过一个记者，她劝表哥说，最好是把肾捐给外国人，到时，全社会的报纸都会对你的先进事迹进行宣传报道的。

"这是什么精神？是新时代的白求恩精神啊！是Q城人民的骄傲啊！上中央电视台，当选最感动中国人物……到那时，荣誉、鲜花、金钱，要什么有什么……"记者唾沫乱飞，说得天花乱坠。

李大超找到了犹豫不决的表哥："大恩人，我的好兄弟！你把肾卖给我，我一辈子会感激你的!"

李大超患尿毒症已经三年了，一直在做透析，苦于找不到合适的肾源。没想到找来找去，他未来的肾却长在恩人刘大鹏身上。李大超是做药材生意的，身家几千万。

"我们都是中国人呀，中国人不帮中国人，走到哪里也说不过去呀！"李大超苦口婆心地忽悠表哥。

4

"我想让他死！"表哥突然吼了一声。

我拍了拍他的后背，又抚了抚他的前胸，语重心长地对表哥说，李大超说的也有道理呀，中国人应该帮中国人。再说了，他愿意多掏五万块钱！至于记者说的捐给外国人，赢得一些虚头巴脑的名声，有什么好的，我看你还是卖给李大超算了。

不，表哥突然间哭了，他的哭声有些奇怪，难听得像狗发情时呻吟一样。

其实，我不知表哥刚刚在唐玲玲的房子里看到了李大超。

去年，表哥星期天参加了一次招聘会，现场人山人海。在一家叫金茂商贸公司的招聘台前，表哥填招聘表时与一个女孩的头碰在了一起，他们不约而同地看了对方一眼：

"啊！唐玲玲！"表哥简直不敢相信自己的眼睛。

唐玲玲也有些吃惊："你，你是王大球！"唐玲玲竟然失声叫出了表哥丢失多年的绰号，她感到不好意思，脸上飞过一朵红云。

在学校时，因为表哥个头高，加上篮球打得好，有人便背地里给他起了个绰号叫"王大球"。后来三叫两叫，老师也把表哥叫王大球了，很多女生很顺口地喊他王大球。这名字让人老往坏处想，那意思好像不是因为表哥篮球打得好，是他身体上某个器官大一样。

表哥心里热乎乎的。四五年没见，唐玲玲出落得真是漂亮极了，表哥不知该用什么样的词去形容她，他觉得用世界上最美好的词都不过分。唐玲玲穿一件粉红色的连衣裙，那样子让人怎么也想不到她曾是一名出色的田径运动员。

相较之下，表哥就显得寒碜了一些，他低头看了看皮鞋上的土，在唐玲玲不注意时偷偷地在后裤腿上蹭一下。两个人都有些激动，不过表哥激动程度更甚一些，他简直有些语无伦次了。从人才市场出来后，表哥想请唐玲玲吃饭，一时不知到哪儿好。唐玲玲说："到新时代快餐厅吧！"

在新时代快餐，唐玲玲问表哥喜欢吃什么，表哥说你喜欢吃什么我就喜欢吃什么！唐玲玲笑了，笑得动人心魄。他们点了四个菜，要了两瓶啤酒。表哥拘谨极了，在唐玲玲的面前不敢多说话，连吃饭的动作都皱巴巴的。不过，酒是个好东西，喝了几杯后，他们的话就多了起来。

他们谈了学校里的一些有趣的事，比如那一届运动会上唐玲玲得了第一名，唐玲玲说表哥在篮球场上是神奇的三分王！唐玲玲的表扬让表哥兴奋极了，突然找到了人生的自信。

唐玲玲介绍自己说，高中毕业后上了自费大学，学校就在 Q 城的南门。三年专科毕业后先是在皇朝大酒店当门迎，后来就带带家教什么的。表哥问门迎是干什么的，唐玲玲笑着说就是那种站在酒店门口对来往客人说"您好！欢迎光临！请慢走！"的工作。

表哥脸上浮现出了向往的神情说："那多好！"

唐玲玲又笑着说："好啥呀！一天站六七个小时，腰都快断了！"刘大鹏抬头望着唐玲玲，发现她一脸的纯真。

这顿饭是唐玲玲买的单。吃过饭，他们在附近的人民公园坐了坐。他们都没想到竟有那么多话说不完，好像要把在学校欠的话补上一样。后来，唐玲玲邀请表哥去了她的公寓。

唐玲玲的公寓真是一个美丽的世界。房子虽然小，电脑、电视、冰箱、空调一应俱全，从客厅里可以看到卧室的床头墙上挂着巨大的艺术照，照片上的唐玲玲一袭粉红色的裙子，头发盘得高高的，无论从哪个角度看，她那细细的眼睛总是望着你媚媚地笑。在与客厅连通的阳台上，晾着洗过的胸罩与短裤，也是粉红色的，带着蕾丝花纹，这一切都让表哥骨头发酥。显然，唐玲玲对这一切都似乎没有觉察，她急着给表哥拿拖鞋，是一双蓝色的男式拖鞋，左脚有一处烟头烫伤的疤痕，表哥没有多想就换上了。正值盛夏，房子里有些热，唐玲玲打开了空调，让表哥坐在乳白色的沙发上看电视，自己便进了洗手间，表哥听到了唐玲玲在卫生间小便的清脆声响，下面一下子就胀了起来，为了缓解自己的紧张情绪，他打开了电视。

唐玲玲洗完手从卫生间出来，给表哥倒了杯茶，弯腰递茶的时候，表哥一抬眼看到了她酥软的乳沟，脸就红了。唐玲玲大约也意识到了什么，倒显得很平静。表哥又聊了很多中学时有趣的事，惹得唐玲玲格格格地笑。表哥发现，有时唐玲玲笑着笑着，就忧郁了起来，脸上的表情又恢复到了高中时的冷漠，他觉得唐玲玲心里头肯定是苦楚的。

5

去年情人节，天气有点冷，表哥给唐玲玲打了个电话，说想请她吃饭，唐玲玲显得很高兴，满口答应了。表哥说："这次我请客，说好我付钱！"

电话那头的唐玲玲笑了一下说："好吧！"

这时，表哥已在保健品公司上班了。表哥花费了一个月工资买了西装与皮鞋，将自己打扮一新就出了宿舍的门，边走边在一些窗玻璃里打量自己。

表哥赶到相约的玫瑰酒吧时，唐玲玲已经在里面等他了。唐玲玲穿了一件黑色的羽绒服，她看着表哥捧了一大束粉红色的玫瑰花，有点羞涩地起身叫："大鹏，这——"

表哥说："给你买的，节日快乐!"说完两个人的脸都红了。

坐下后，表哥问："咋这么快就到了?"

唐玲玲说："到得晚怕没座位了!"接着又说，"这花真漂亮，这是我第一次收到别人送花!"显然有些感动。其实，到现在我也搞不懂，女人为什么喜欢花，小芳就从来不给我要花。

他们要了咖啡，表哥不会喝咖啡，就端起来像喝茶一样，唐玲玲提醒他说："要用汤匙慢慢搅动，一点一点地品尝才有味道。"

她的提醒并没使表哥难堪，倒是从唐玲玲的目光里发现一种无法言说的亲切感。他们谈了很多，谈到了刘翔，美国女飞人琼斯，谈到了琼斯奥运会上的精彩表现，他们还谈了 NBA，谈到了乔丹，谈到了科比、姚明，后来他们还谈到了王菲、梅艳芳。表哥从来没有这样海阔天空地谈论过，他多么希望就这样无忧无虑地一直谈下去，直到地老天荒。

后来，他们又一次回到了唐玲玲的单身公寓。唐玲玲拿出了几袋零食，一小瓶白酒说："一醉方休!"表哥被她难得的快乐与热情所动，于是他们又边喝边聊，后来都有些醉意，再后来他们什么也不知道了。等醒来时，表哥发现自己与唐玲玲赤裸着睡在小床上，床头粉红色的兔子台灯还亮着，唐玲玲像只小猫咪一样睡在他的怀中，表情单纯极了。

唐玲玲醒来后，他们又抱在了一起。表哥吻着唐玲玲的每一寸肌肤，她那柔软洁白的腹部，还有让他迟疑不敢轻易触及的乳房，那丰盈美丽的让他魂飞魄散的乳房。唐玲玲在表哥的身下惊叫着，闭着眼有力地迎合着，这让她没有了淑女的矜持，没有了学生般的纯洁，那疯狂的样子似乎换了一个人……

那件事后，表哥就开始幻想着跟她结婚。有一次，他们在公园相约见面，见面后，表哥迫不及待地就抱住了唐玲玲，但唐玲玲却将他推开了。还有一次，表哥捧着一束花送给她，在玫瑰酒吧，表哥学着电视里的一些镜头，跪在了她的面前，真诚地向她求婚。唐玲玲见状，转身哭着跑开了……

再后来，唐玲玲被表哥逼急了，她电话里对表哥说："只要你能在这个城市买一套房子，无论大小，我就嫁给你！"

唐玲玲是想通过这个方式来拒绝表哥的。买一套四五十平米的房子，如果靠表哥现在的工资，至少得二十年！接下来，很长一段时间，表哥没有再与唐玲玲联系。那一段日子，表哥的生活苍白得可怜，有时候一个人在宿舍里喝闷酒，有时候就像丢了魂，一个人在街上晃荡。

6

现在，表哥一切都明白了。从他在唐玲玲的公寓看到李大超开始，从他看到唐玲玲惊慌失措地打碎一只茶杯开始，他彻底明白了。

当着唐玲玲的面，表哥喝了李大超一瓶好酒，看得出，唐玲玲几次想阻止他，最终碍于李大超的面，什么也没有说。

唐玲玲的公寓表哥虽然只来过两次，但里面的一切他再熟悉不过了，尤其是唐玲玲的卧室，他闭上眼睛也能想象得出：小小的床，粉色的窗帘上雪花般的白色花纹，床头那盏兔子样子的台灯，衣柜里唐玲玲各式各样的裙子，长的短的，束腰的，宽松的，低胸的，百褶的……当然，表哥熟悉的不仅仅是房间里的陈设，还有唐玲玲头发上的香波味儿，这种味儿让表哥很快就能想到唐玲玲光洁的脖颈，细滑柔软的腰肢，丰满的乳房，性感的大腿，这些都让表哥迷醉。

唐玲玲扫完地就回了卧室，轻轻地关上了门。

表哥知道，她肯定在里面听着。

"兄弟，我怎么也想不到，我们的缘分会这么深，你就是我命中注定的吉星啊！"李大超松了松皮带，向沙发后靠了一下，"老哥我再加五万，怎么样，五万块！"

表哥卖肾的念头，源起于晨报上看到的一则非法团伙绑架多人圈养取肾的消息，并了解到每颗肾可卖二三十万。"真是天无绝人之路啊！"表哥读完消息后仰天长叹一声，立刻就打电话给唐玲玲，他说："我很快就会拥有一套房子的，你等我！"

唐玲玲以为表哥开玩笑呢。表哥又说："我说的是真的！"唐玲玲愣了半天幽幽地说："你千万别干一些傻事，我们之间不可能！"

表哥哪里再能听进唐玲玲的话。他隐约感受得到，只要他有了一套房子，唐玲玲就会投进他的怀抱，像仙女一样轻盈地投入他的怀抱，裙裾飘飘。

后来，表哥抽空不断地去医院打听，在肾内科的长椅上坐着听别人议论换肾的事，向医生咨询，同医院达成了协议，终于找到了需要肾源配型适合的人。

"这些天，我一闭上眼睛就做梦，梦到被人绑架了，他们蒙着面，将我麻醉后，开刀取我的肾，一会是取左肾，一会是取右肾，我央求他们给我留一颗，可他们不听我的话，我现在有些怀疑我的肾到底在不在了。"表哥醉意上来了，满脸凄切无奈的表情。

我扶表哥躺下后，神经质地摸了摸自己的后腰，对小芳说：趁现在没有被绑架，狗日的，我也卖掉一个肾算了！

小芳没有言语，昏暗的灯光下，她同表哥一样，像死去了一样。

狗　子

　　父亲眼睛真尖，他一眼就认出了人行道上的狗子。

　　狗子一身灰色的西装，一脸茫然地走在人行道上。父亲说，快，快，快下车！我说算了，人家在乌鲁木齐也没有给我打电话，我们找他干什么。父亲说，得把你借给他的一千元钱要回来！我说算了吧，人家要还的话早就还了。但父亲不听我的话，急着就要下车，恰好这时车也到了站台，我不得不随着父亲下了车。

　　我们一下车，就被狗子看见了，他慌得转身就穿过马路到另一边去了。我明白，他怕见我，怕我提起他借我的那一千元钱。父亲边走边喊狗子，我拉都拉不住，我说算了算了，人家躲咱们呢！父亲还有点不甘心，又向前跑了几步，但狗子过了马路拐进了一个巷道就看不见了，来往的车就把父亲和我隔在了马路这边。父亲有一点失落，开始埋怨我：以后不要给这样的人借钱，你钱多了扔在沟洼里也比借给这样的人强。我知道父亲的心病，听父亲说去年狗子回了趟老家，回去也没有去看望一下他，在村口的大槐树下碰上了他也没有给他递一根烟，更没有提我借给他钱的事！父亲来我这里说了好几次。我有些后悔先前给父亲打电话闲聊时无意说了给狗子借钱的事。

　　狗子的父亲前年冬天来乌鲁木齐，我是从一个同学跟前听到了这个消息并想办法联系上了狗子的。好多年没见狗子，有些激动，电话那边的狗子说着半洋不土的普通话，说是自己办了一个印刷厂，这让我更是兴奋。他还说来乌鲁木齐一直打听我，好几年了就是没找见我，听了这话我就有些感动。我说一会就去找他，顺便去看望他的父母。那天下午风也比较大，我从幼儿园接了孩子直接就去找狗子了，真的，我们快二十年没见面了，我不知道他变成了啥样子了，一路上脑子里猜想着，会不会大腹便便，会不会高大威武，会不会……但无论怎样想脑子里还是他上初中时的样子。

　　狗子这个名字是他父亲给起的，记得上小学时他的作业本上写的还是狗子这个名字，上初中后狗子给自己起了一个名字，叫王斌。这个"斌"字是他的理想，也就是文武双全的意思。其实我挺崇拜王斌的，至少他敢给自己起名，我压根儿就没有想到给自己改一下名字。电影《少林寺》放映后，狗子就把头剃光了。我们在山上放牛时，他下到林场里剁了一棵手腕粗的洋槐树，做了一根僧棍，抡得呜呜声响，那一招一式太像少林寺中的和尚。有一天，我们在野狐沟的石崖下发现了一条两米长的蛇，我吓得浑身发抖，腿不由自主地就软了，没想到王斌一棒下去就将那条蛇的脑袋硌着岩石砸烂了，更让我吃惊的是他竟然将那条蛇的皮扒了下来，硬是套在了僧棍上。

　　王斌原先比我高一级，我小学毕业时他上初一。初三时，他转学重读与我在一个学校分在同一个班。那时我们上学都是住校吃馍馍喝开水。我家穷，生活特别紧张，常常准备吃五天的馍星期四就没有了。星期五我就偷偷地逃课往家跑，有时跑到半路上就饿得走不动了。那时候王斌家的条件好一些，他的舅舅是村支书，他的父亲借了这个关系承包了村里的果园，每年可挣好些钱，经济上宽余一些。王斌经常将他长了绿毛的馍给我吃，其实那些长了绿毛的馍只要剥了皮都是能吃的，为此我特别感谢王斌。

记得王斌刚转学来的时候，就同我分在一个班并成了同桌，那一段时间王斌每周都能收到一封信，是他原来学校的女同学，有时一周会来两封信，这真让我眼热。长那么大，我曾经收到过一封信，那就是远在西藏当兵的表哥的一封信，后来我给表哥写过几封信，但表哥一封也没有回。我当时特别希望收到信，哪怕一年收到一封也行。我学过一篇课文好像是叫《给自己写信的人》，每次看到王斌的女同学给王斌来信，我就会想起那篇课文，就想给自己写信，但又怕别人笑话就没有写。后来我偷看了王斌的信，他将信打开随便就放在他的抽屉里，也许是王斌故意让我看的。那是一个女生写给王斌的情书，那女生的字写得真是娟秀，是用五分钱两张的那种带着花纹和香味的信纸写的，而且还叠成蝴蝶状，真是浪漫极了。我记得那个女生说半夜她望着宿舍的屋顶睡不着觉，她想着与王斌一起在河边散步的日子，我就感动了。我真希望那一封封信是写给我的，而不是王斌。后来王斌还给我看了那个女生的照片，那个女生真的很漂亮，比我们班上的红红还好看。

王斌转学刚来就给了大家一个惊喜，他的作文被教语文的张老师当作范本在课堂上大讲特讲，老师在他的作文后批语开头说：你有金子般的语言！其实这句评语后还有一大堆话，这么多年，我都忘记了，连同那一篇作文的内容都忘记了，只是记着这句评语。我想，这也许是世界上最高妙的评语了！真让人想不通，语言怎么能同金子联系起来呢？那天早上太阳真好，整个校园都弥漫着一种春末初夏时的花草的香味，教室前的花池中花开得兴奋极了，像那些受了老师表扬的女生的脸。作文课上老师念了王斌的作文，念完作文还进行了评析，念王斌的作文时，张老师显得十分深情，有些激动，似乎他从来没有看到过这么好的作文。是的，张老师这样的情形我是从来没有见过的。接着张老师又草草地对几个成绩很优秀的女生的作文进行了简短的点评。那种厚此薄彼的情形让人心里酸酸的。老师还让我们参观王斌的作文本，字里行间画了很多的红杠杠，有的是波浪形的，作文的后面有一长串的批语，看字就知道张老师读这篇作文时多么激动，其中评语的开头就是这一句：

"你有金子般的语言……"

下课后王斌的作文就被许多同学借去看了，有些争先恐后。后来，有几个女生拿着自己的作文本讪讪地请教王斌，其中就有班里最漂亮的女生红红。王斌假装很镇静的样子，摆出了老师的架势，他的头与红红的头发快挨在一块了，此情此景，我的心里难过极了。

就在此后不久，王斌不知从哪儿弄来了一本关于算命的书，算算自己的命相是几两，王斌说九两以上者都是宰相的命。我不太懂宰相的意思，他说就像周总理那样的官，我心慌慌地求他给我算了一下。真是可怜，按照书上的算法，我只有四两多一点，他竟然是八两多，当时我心里就沮丧极了。我想王斌当不上周总理，也一定是能当上比县长还大的官，那次县长来我们学校，开着小车，前呼后拥好多人，我们学校不可一世的校长见了县长也点头哈腰的，我想象不出比县长更大的官是何等的威风。我打心眼里佩服他，我甚至不敢叫他狗子，有时不小心会喊出半个狗字，另外半个就咽下肚子了。

没有抓住狗子，父亲的情绪显然受了很大的影响。父亲从小受苦，一千块钱在他眼里是天文数字。我安慰他说不就一千元嘛！父亲说有多少钱葬送啊？你要帮看看什么样的人！狗子那是个没心没肺的货，你帮他做啥？你出来都混这么多年了，也这么好坏不分，糊涂！我说他怎样没心没肺了，父亲说，你给他找工作了吧，他不感谢你还日弄你。父亲一提这事我就有些生气了。

　　去年，我去看狗子的父母时害得我好找，我与公司的司机小李在西山一个郊区找了好几个小时，才找到他的工作地点。早上联系上狗子时，他电话里说他开了一个印刷厂，在一个叫志强私立学校的旁边，厂里有十几个工人，活太多，忙不过来，不然他就来看我了。我找到那个志强学校，问了好多人，从这个巷子穿过，又从那条巷子拐出去，终于在这个学校的附近的一个地下室找到了狗子。下到地下室里，一股土霉和油墨混合的味道扑鼻而来。狗子一个人在加班，地下室有两台机器，噪音比较大。狗子没注意到我，我看到他专注地干活的样子有些感动。眼前的狗子变得那么矮小，感觉才齐我的耳朵，我一米七八的个头，他大约就是一米六的样子。我喊了一声，他惊了一下，他回头看了我一眼，目光先是惊疑，接着就活泛了，赶紧停下手中的活，跑了过来。他叫着我的小名：是黑子啊！你咋来了？他上下打量着我，有点不敢相信，我长得比他都高了，穿得也比他光鲜一些。我说老同学就是想来看看你啊！我说着伸手要同他握一下，但狗子缩了一下手，又摊开油兮兮的手说算了算了！狗子穿着油兮兮的工作服，脸上的表情有些疲倦和不安，也有些自卑。眼睛里少了光气，似乎长时间在地下室不见光的原因，整个脸上如同涂了胶水干结了，没有生动的表情。

　　王斌初中毕业后没考上中专就当兵走了，当兵走的时候，班里好几个同学都去送他了，这其中就有红红，红红给狗子送了一块白净的手帕，我给王斌买了一支钢笔，买钢笔的钱是我挖了几天柴胡卖了后换的。那支钢笔尖上有"英雄"两个字，我想这支笔才配王斌呢。当时红红的眼里有些泪花，那样子恨不得让王斌把她带到部队上去呢！王斌不知怎么搞的和红红好上了，他给红红写了一封信就打动了红红。我偷偷地看过红红给王斌的回信，红红说王斌是天才，是她心目中的白马王子，我当时不太懂天才的意思，也不太懂白马王子的意思。我想了半天，突然想到了王斌家的桌子下面有一张饰演了《西游记》里白龙马的那个演员的照片，我想红红一定去过王斌家，一定看到过这张照片，她是将王斌与这个饰演白龙马的演员相比较了。我想了想，王斌的脸有些黑、三角眼，怎么也难同演白龙马的那个演员相比较啊。

狗子当兵走后，我上了高中，那时候我经常去狗子家，常问狗子的妈妈有没有狗子的信和照片。狗子的妈妈有些驼背，她弯着腰翻了这个抽屉又翻那个抽屉，找出了狗子的信给我看，那信纸上印有部队的名字，信封上没有邮票，只是一个红三角印戳，看到这我心里就生了羡慕，心想部队上连发信都不用掏钱，真好。狗子的信写得好极了，洋洋洒洒，我从信里知道狗子在部队当了文书，而且立了功。我还看到了狗子的照片，照片上的他穿着迷彩服，黑皮陆战靴，手中有冲锋枪，也有机枪，还有一些叫不出名字的武器，照片上的他可威风了。看着狗子潇洒的字体，我就想，他真的是文武全才，也许会当上将军。王斌妈妈给我看王斌的照片时，我说王斌一定会有大出息，当了官，说不定当了将军就接她去享福了，她妈妈听我这样说就笑了，一笑脸上起了好多的皱纹。狗子的妈妈还给我说，狗子可能要提干了，他爸给寄了三千元，还有好多特产，那时候三千元跟现在三万元差不多吧，我听了觉得狗子肯定要干大事，不然他能要那么多钱？

我对狗子说，你让我好找啊！电话死活也打不通，办公室电话也没人接。狗子说小灵通一下地下室就没信号了，他有些不好意思，他又说马上要换手机了，小灵通不用了。他没想到我会接到电话急着赶过来的。我觉得他比初中时深沉了些，个头几乎没有变一样，那时他比我高一个头。从地下室上来，他看我带了车，就有些吃惊，我拉开车门先让他上了车，并向司机介绍了一下我的这位老板同学，他们打了个招呼我们就坐了车去他的房子。他说他老婆生了个女儿，快过百天了。狗子说他住三楼70平方米的房子，他的话似乎是无意的，但我听得出他似乎有意在汇报他的成就。我连声说好，我想能在大城市买一套房子，并有自己的厂子，这已经是不小的成就了，我说房子慢慢再换大的嘛！他说将他爸妈从楼上叫下来吃个饭算了，我说我来得太突然，也没有买啥东西，我去看看老人吧，隔天我再带我的妻子一块来看望，说着我们就上楼了。

敲开门，一股臭萝卜味就让我几乎退了出来。他的父母见到我十分高兴，他的父亲还开玩笑说我当了什么大官了，开了那么高级的车还有司机，我呵呵地笑了一下。他的父亲牙掉得没有几颗了，他的母亲脸有些肿，眼睛也有些烂，我环顾了一下，家徒四壁，连个坐的地方都没有，房子顶多就五十平米，客厅里放着一张旧方桌，上面是一台十四英寸的旧电视，像是从旧货市场上几十元淘来的。电视机旁贴墙立着一张较大的结婚照，照片上狗子的脸还是像被胶水干结着一样，没有一点表情。她的老婆是河南人，后来我才知道她比狗子小十二岁，显得还是成熟些，说着带一点河南口音的普通话，有点难为情。狗子有些不知所措，他似乎不愿让我看到他的这种境地。客厅里有两个旧沙发一个圆凳，凳面掉了好多漆。他的父亲用袖子擦了一下凳子让我和司机坐，我顺势坐圆凳上了。他的父亲就靠墙蹲下了抽旱烟，他的母亲进到了卧室拿出了几个带泥的苹果用手搓了搓让我和司机吃，我说我们就说说话，不要太客气。我说今天太匆忙，下班就来了，也没给你们二老带东西。他父母说，他们也好久没见我了，能在这么大的城市里碰上老家人是很高兴的事。狗子见状进到卧室将他的女儿抱了出来让我看，看得出他是那么心疼他的小宝贝，我说真是一个漂亮的小姑娘，边说边用手指轻轻逗了一下她的小脸，那小女孩突然笑了，我说笑了，笑了，满屋子的人也似乎忘了刚才的难堪，都哗地笑了。

他的父亲与母亲都说要回老家去，说快疯了，城市里待不惯，还是农村好，自由。我们谈了村子里的好些人，谁死了，谁残废了，谁家发达了，谁家的儿子考上了大学，谁家盖起了小平房……还说到了我小时候的事。他爸说我小时候学习好，小小的人就叫我大学生！我们谈得可高兴了，一旁的狗子倒没什么话说。我走的时候，给了孩子一百元钱，狗子硬要请我吃饭，我拒绝了。送我到楼下的时候，他说这房子是他租的，我没有接话，我说改天我请你们一家人吃饭，好好聊聊。后来，我与妻子买了好多婴儿的衣服及营养品，在他的孩子百天的时候去看望，没想到他又搬家了，而且换了电话。我打电话到他的办公室，一个女工接的电话，我问王经理上哪儿去了，那个女工说我们这儿没有个王经理，我说叫王斌，她才说我们经理让他送货去了。我一听就觉得不太对劲，又简单地问了王斌是干什么的，厂子是几个人开的等问题，才知厂子不是狗子开的，他只是一个推销员而已。我们一家三口人冒着寒冷，在风中打了好长时间电话终于找到他，他说他在南门与一单位谈生意……

我曾问他还写一些诗与散文的东西不，他说写，当兵的时候，口袋里经常装一个小本子，一有灵感就写诗，多次被班长批评，后来连长知道了，说他是个人才，一看写的字，再看写的诗，新兵连没训练完就当了通讯员，后来又当了连队文书……他对我说，他还开了博客，让我有空看看他写的东西。我说你真新潮。后来我照他给我的网址找到了他的博客，我看到了他写的一些随笔与诗，充满了痛苦与悲愤，几乎是展览自己的伤口。他的博客上没几篇文章，也没有几个人去点击，回复几乎都是零，文字似乎没有一点儿文采，而且错别字还很多，这让我难以置信，那一刻我就想起了张老师的批语：你有金子般的语言！

去年夏天，狗子在喀什给我打电话，他说要提一批货，希望我能给他借一千元钱急用。他说以前的印刷品积压的货卖给了一个部队，托运到喀什后自己没有钱取货，只要货一提出来他就很快拿上钱了，很快就还给我。我有点不太相信，但他电话里的口吻有点哀求了，似乎遇到了很大的麻烦，也许连吃一顿饭的钱都没有，沦落到了乞讨的地步了。那天早上他不停地给我发短信，中午我就给他卡上打了一千元钱。后来我给他打电话，我让他到我们集团在喀什的一个公司去干，希望他能安心挣点钱养老婆，他最终还是去了。我给那边的同事再三叮嘱一定要照顾好他，同事给买了被褥，那边的老总给他安排在办公室当副主任，我想这样慢慢可以发挥他的才能的，没想到他去只干了一天就不见人影了，那边三番五次打电话找人，电话一直关机。

那时候，他的父亲都回老家了，他的老婆也带了孩子在春节时我帮着给买了车票送回了河南老家。我几次去他曾在乌鲁木齐住过的地方找他，也没有找见，房子里是另外一家人。我怕他有什么不测，一想起他就打电话，也给他的博客上留言，但我发现他很长时间都没有上博客了。那几天我半夜醒来也给他打电话，但电话仍然没有人接。我给同他相熟的小明打电话，小明说根本找不到他，他经常换电话换住的地方，让我不要理他。上次去他住的地方，狗子跟一个喀什的小女孩在同居，而且挤眉弄眼地让小明帮着骗人家他还没结婚。小明非常生气，说前面给他生孩子的这个河南女子，两个人至今也没有领结婚证呢！我听了小明这样说，心里真不是个滋味。

父亲继续批评我，让我以后注意，帮人要帮好人。狗子的媳妇从河南找上了门，在狗子家住了两个月，等不到狗子的电话，没办法就把孩子放在狗子父母跟前走了。父亲说那是一个好媳妇，左邻右舍都夸那是个好媳妇，每天早上起得很早，把院子扫得非常干净，早早地就把饭做好了，而且地里的活也什么都能干，能吃得下苦，可这狗日的狗子，不珍惜啊！父亲骂着。多好的一个媳妇，后来拉着哭声走了……他狗日的造了多大的罪，孩子还不到一岁就成了没妈的娃了。

后来，我听说狗子当兵没有提上干，复员后在部队的一个三产印刷厂干，再后来听说犯了强奸罪被判了刑，在狱中待了七年，差点没被犯人打死。

很快，我又看到狗子从马路对面过来了，他左右前后观察了一下，没有看到我们，等过了马路到车站时突然看到了我们，接着就慌慌地扭过了头，有些局促不安的样子。我笑了，父亲三步两步赶了上去，我想拉住父亲躲一下，恐怕父亲见了面就说钱的事，但已经来不及了。

"狗子，没想到在这儿把你碰上了！"父亲并没有开口就提钱的事。

"哟，是你，叔！"狗子看到我们两个表现得很是吃惊。

狗子见了我有些不好意思，脸色变得相当难看。我站在一边也没说话，父亲与狗子有一句没一句地闲聊，十分亲热，我看父亲很高兴，那样子是因为在异乡的大城市里碰上了一个村子的人，他们说着，并没有提钱的事。后来狗子拦了出租车，要带我们去他的房子。我问狗子，你不办印刷厂了？他说那个小厂子赚不了几个钱，卖了。他说他租了一个高层复式楼，每月租金八百多块呢！那样子是自己现在有钱了，发达了一般。

很快就到了他住的小区的门口，那个小区的门楼上写着"昊天小区"四个字，狗子说就在这儿，吴天小区，他把"昊"字念成了"吴"字，让我有些不解。他让我们在门口等，他去超市买点东西，我说不要买了，但他还是去了，不一会儿他就买了一条雪莲烟，硬要塞给父亲，说是第一次见面。父亲见状，有些不好意思，推挡着狗子买给他的东西。狗子没办法只好自己拎着烟带我们上了楼。

我们跟着狗子到他的复式楼时才明白，这复式楼里住了四个租房户，狗子在最上面的一间房子里，真像一个鸽笼，一张床上，一床被子，地板上到处是烟头。墙角有几个插座。他招呼我们坐在床头，并给父亲递了一支烟，他知道我不会抽烟但还是给我让了让。我问狗子现在做什么事，他给了我一张名片，我看了上面写着浙江某企业新疆区总代理，他的名片上的名字叫王斌，后面还有两个字，经理！他说刚被集团公司任命的，他显得有些兴奋，边给我拿介绍资料，边拿起墙角的一个插座给我推销，我注意了他的住处，没有一件女人的衣服，但地下倒有一双女式拖鞋，我问她老婆呢，他说在天山百货大厦上班呢！他的话淡淡的，我就没再多问，我知道他又撒了谎。

闲谈了很久，看他这样寒碜的样子，我怕父亲提钱的事，就叫父亲走。没想到临走时父亲突然提起了钱的事。

"你现在把事干大了？"父亲对王斌说。

"这才是个开头！呵呵。"

"对了，去年黑娃借你的那一千元给你帮上忙了吧！"父亲接着说，父亲有些狡猾。

"帮上了，帮上了！"狗子有一些慌恐。

"算了，你就还给我，我要回家了，当路费！"父亲的语气中有不可违抗的力量，那样子是你有也要还，没有也要还。那一刻我感到我与父亲变成了绑匪，这让我的脸突然烧了起来。我觉得狗子在最困难的时候，就不要逼他了，好歹也是一个村子出来的，再说我小时候还吃过他给的馍馍呢，我们把事情不能做绝了。我想我应该阻止父亲，但我却没有吱声。

"我还忘了这事，你看看，刚好！"狗子的脸刷地就红了，有些惊慌，他快速地翻着口袋，他数了数只剩八百了，就全给我父亲。

"你要是紧张就先用着！"我有些不忍地说了一句。

"我身上有卡，有卡，一会再去取！"说着他拿出了几张卡。父亲不动声色地把钱拿了过来装进了口袋。

出门的时候，我不忍心回头看狗子，但狗子还是把那条雪莲烟硬是塞到了父亲的手上。

蝴　蝶

1

我上初二的那个夏天，高考结束后的姐姐掉下了红星渠再也没有回来。

团场里议论纷纷：天气太热了，姑娘家也想在渠里凉快凉快嘛！说不准是被坏人推下了渠，那姑娘比林青霞还好看……世界突然间变得暴躁而古怪，太阳像个聚光镜，我走到哪里它照在哪里；红星渠里的水整天吼叫着，像疯了一般。

母亲呆呆地盯着门口的小方凳："都怪我不好，我不该那样骂她，我不该那样骂她……"出事前半个月，姐姐同母亲干了一架，平时母亲有多厉害，姐姐就有多厉害，她们是针尖对麦芒，水火不容的。不知为什么，母亲又提起了姐姐早恋的事："骚卖×的，把家里人的脸丢尽了，看看能考上啥大学！"姐姐当时就把小方凳竟踢翻了，差点砸上了母亲的脚。母亲气得在屋子里出出进进找绳子要上吊，姐姐却一副无动于衷的样子。后来，母亲大哭了起来。自从外婆去世后，我从没见她那样夸张地哭过。吵完架，母亲照样做饭，姐姐照样一碗一碗地吃，母亲脸色虽难看，但不敢再说姐姐半句，生怕姐姐把饭碗摔了。

父亲经常外出推销我们家生产的鞋子，很少管家里的事。母亲奚落姐姐的种种不是，父亲总是说："你跟个娃娃较量……"

团场里的人都喊我二妹，是说我有些傻。小学时，有一回，我溜进王大头家的桃园偷桃子吃，王大头正躺在草地上晒太阳，他看到了我，笑着招手让我过去："是二妹啊，是不是想吃桃子！"

我点了下头。

他翻身站起来，伸手从树上摘下了一个熟透了的桃子，在我眼前晃了两晃："想吃桃子的话，褪下裤子让我看一下你的屁股！"

我望着他手中的桃子，不住地咽口水。于是，我就褪下了裤子。王大头斜着眼低头看了看我的屁股，有些遗憾地感叹说："还没长毛呀！啥时候能看一眼你姐的就好了……"

我本想把这事告诉给小袁哥哥，又怕他笑话我。于是，我就告诉了姐姐。姐姐听了，摸了一下我的头很平静地说："快去写作业去！"

我有些委屈，本想让姐姐替我出气，没想姐姐完全不当一回事。我一急又说：王大头说想看你的屁股……

姐姐听了，咬了咬牙就转身出门了。

姐姐找到了桃园，她走到王大头跟前，不由分说就是几个嘴巴子！王大头也是个傻货，一边往后退，一边还嬉皮笑脸，可他一抬头，他看到了桃园外面有几个男生，个个狼一样眼露凶光，一下子就软了。他明白这些狼都是姐姐的哥们，王大头跪倒在草地上，他不住地扇自己的耳光，那耳光在寂静的桃园里分外响亮。

姐姐出事那天，刚好是她十八岁生日。妈妈上街去给姐姐买生日蛋糕，我们与邻居的两个姐姐一起打"双扣"。打牌的过程中，姐姐动不动就说："别要赖，我这是和你们最后一次打牌啊！"我们还以为她这是要去上大学，可后来想这真是一语成谶。

牌打了一半，姐姐的两位高中女同学来叫她玩，姐姐有点不想去，可她们再三地缠着姐姐，加上当时牌也打得了无生气，我便说："姐，去吧，穿上漂亮裙子和新凉鞋，记得早一点回来，妈去给你买生日礼物了，爸爸也有生日礼物送给你！"

姐姐回头笑了一下说，我走了。姐姐的笑甜美极了，这让我无数次在梦里哭醒。

姐姐穿上漂亮的新裙子像一只美丽的花蝴蝶，谁能想到，她这一去就再也没有回来。

2

想想姐姐在的时候，我们是多么幸福的一家人啊！明媚的阳光下，父亲骑上飞鸽牌自行车，吹着《甜蜜的歌儿》的口哨，带着我和姐姐在乡村的公路上飞奔。蓝天、白云、凉爽的风，我们飞过玉米地、棉花地、葡萄地，父亲的脸上写满了幸福，他的身上有着无穷无尽的力量，以及青春的气息。

现在，父亲的精神彻底垮了，经常喝得醉熏熏的回来，有时在皮革堆里一坐就是大半夜，有时无缘无故地辱骂母亲，摔东西。父亲一直想扩大皮鞋厂的生产规模，想做出世界品牌来。他看不起那些商场货架上的鞋子，感觉什么样的品牌都不如他做的耐穿合脚。他梦想着有一天变成中国的皮鞋大王，生产的皮鞋远销欧美市场，以至于来中国旅游的各国客人，都要带一双父亲做的皮鞋回去。

父亲不无炫耀地对我们讲，祖上曾有良田百亩，金银珠宝难以计数……父亲的表情专注，似乎不是神往而是在享受。每每这时，母亲就发嗔："你是不是还想娶个小老婆啊！是不是想再来一次运动呀！"父亲听了，如梦方醒，然后嬉皮笑脸地说："哪能呢，哪能呢！我只是想祖上风光过，到我这一代不能窝囊呀！"

听了父亲的话，我也曾经做过大小姐的梦，像电视里资本家的女儿一样。我梦想着父亲的皮鞋加工厂扩大规模，做成世界名牌，前来订货的客户在我们家的厂子外面排成长龙，运货的车辆川流不息、源源不断地从我家工厂运出皮鞋……我们住在别墅里，有事没事坐小轿车在外面兜兜风，想吃什么有专门的厨师做……我想，到那时候，我让小袁哥哥做我的保镖，或者干脆让他做上门女婿，娶我得了。

小袁哥哥是父亲雇来的工人，来皮鞋厂时才十六岁，比姐姐大四岁，当时姐姐刚上初一。小袁哥哥是最早的工人，算是父亲的得意弟子，不但模样儿英俊、手脚勤快，手艺也好，深得父亲的喜爱。如果不看他那双粗糙的手，倒像一个读书人，白净的脸上总是带着腼腆的笑。父亲母亲对小袁哥哥极好，他可以跟父亲坐在一起吃饭，有时父亲还叫他陪自己喝一点酒。

每年，小袁哥哥都会给我和姐姐做一双皮鞋，穿上小袁哥哥的皮鞋，我心里头老觉得热乎乎的，像有一双手握着我的脚。慢慢地，我们家生产规模日益扩大，工人增加到了十二个，团场大部分人都穿着我们家做的鞋，这从土路上的鞋印子完全可以判定出来。父亲对他的事业充满了信心，我觉得离过上资本家大小姐的生活越来越近了。

正是这个时候，上高二的姐姐早恋了。

3

第一个发现姐姐早恋的是小袁哥哥，是他向母亲告了密。母亲担心姐姐考不上大学，十分生气，两个人又干了一架。后来，姐姐气愤地说，有些人是知人知面不知心，以后你要提防点。我心里有些难受，从电影里我知道，告密是叛徒的行为，我不相信小袁会当一个叛徒！

　　我不太明白，早恋是怎么回事，但我知道姐姐早在初中时就来那个了。有一次我看到姐姐下面流了很多的血，还垫了纸巾。我就问姐姐是不是病了，姐姐说，傻丫头，那不病，是姐来那个了！

　　"那个是啥东西？"我还是不太懂，一脸的迷惘，"那个疼不疼？"

　　"那个就叫月经。"姐姐说，"不疼，就是肚子有一点儿不舒服，流出来的时候，热乎乎的……嘻，我也说不出，反正有一点美妙！"

　　"女孩子为啥会来月经呢？"

　　"来了月经就能生孩子了呗！"

　　"你将来也要生孩子吧！"

　　"肯定了，我要生四个儿子，将来谁也不敢欺侮咱田家人！"

　　"你想同谁生孩子，会不会是小袁哥哥？"我有些担心地问。

　　"绝对不会！"

　　"他长得是不是很像三浦友和？"我搂着姐姐的脖子问。

　　"一点儿也不像那个日本鬼子！"姐姐给了我一个鬼脸。

　　"他是不是学习特好？"

　　"别提他的学习了，差得让我想上吊！"

　　"他家里是不是很有钱？"

　　"不知道，他爸是个拖拉机手，他也会开拖拉机。"

　　"那你为啥喜欢他？"

　　"说不清楚，反正跟他在一起话特多，特乐，特逗，特特特……反正就特想跟他多待一会儿！"姐姐拨弄了一下我额角的头发，"傻丫头，过两年你就知道了，你喜欢的男孩子身上有一种迷人的味道！"

　　"我不相信，男孩子都臭臭的，浑身汗味！"

　　"我就喜欢那种味道！连他抽烟的动作都喜欢，还有他嘴角那坏坏的笑!"

我觉得姐姐神志有些不清了。"那个男生有没有小袁哥哥好? 小袁哥哥为了给我们摘杏子吃,掉下树差点摔断了腿;小袁哥哥每年都会给我们做一双皮鞋,他做的皮鞋款式别致又结实;小袁哥哥用他的工资给我们买零食吃;我们去乡下玩,我走不动了,小袁哥哥还背我走路。"

"嘻嘻,要不,你长大嫁给小袁哥哥算了!"姐姐在我耳边小声地说,"告诉你,我们接吻了!"

说出这话后,黑暗中姐姐的身子似乎也在发抖,又仿佛打了个激灵。我伸出手,摸了摸姐姐的脸,她的脸烫得像发了高烧。

"你们还做了些啥,你会不会现在就给他生孩子?"

"他摸了摸我这儿,姐姐说着,将我的手拉过去,摸了摸她的乳房,姐姐的乳房坚挺,十分圆润光滑,我猛地缩回了手。

"姐,你咋……像个女特务!"其实,我想说姐姐像个女流氓,可我没说出口。

"他还会唱歌,唱得可好听了!"姐姐说着,轻轻地哼起了歌:

跑马溜溜的山上
一朵溜溜的云哟
端端溜溜的照在
康定溜溜的城哟
月亮弯弯
…………

我长长地叹了口气,扭过头向窗外望去,碧蓝的夜空里有一弯金黄的明月,月光像透明的水流那样纯净温柔,缓缓地从窗外流淌了进来,照在姐姐的脸上,姐姐含羞带笑的脸,她的脸上写满了期待、神往与难以描述的幸福。

"他把我压在床上，他的舌头翻过了我的嘴唇，他的舌尖是带电的，一下子就把人击穿了……"姐姐闭着眼睛，完全沉浸在幸福之中了。

"不过，芳芳，这两次回家的时候，我感到有人跟踪我。"姐姐突然像从梦中惊醒了一般。

"会是谁呢?"我问，"是不是大强?"

大强是场长的儿子，身边经常围着一帮混混，在学校里经常打群架，同学们没有不害怕他的，连老师都畏惧他三分。

"应该不会是他，那次他想欺侮我，被小袁哥哥收拾了一顿!"

"小袁哥哥多好，那次我还以为是做鞋不小心伤了手，原来是他为了保护你拿刀子扎通了自己的手掌心。"

"当时，我也吓坏了，平时看起来那么腼腆，谁能想到他的心竟这么硬!"姐姐说。

"好多天，小袁哥哥的左手缠着纱布还照样做活，真是的!爸爸还斥责他为啥这么不小心!"

那时，小袁哥哥到了谈对象的年龄，听姐姐说，他也常出去约会，但我从来不知道他约会的是怎样的一位姑娘。在我的内心深处，我不希望小袁哥哥这么快就结婚，甚至不敢想象，他会找一个什么样的女孩子，我倒希望自己能长得快一点，或者他能够等一等我，正如姐姐所说的，让我长大了嫁给小袁哥哥。

母亲规定姐姐每天必须在十点前回家，可姐姐常常十二点了还回不了家，母亲为此恨得要撕她的头发。但姐姐并不害怕，而且当着父亲的面同母亲吵。

"死去吧，死得远远的，我全当没有你这个女儿!"母亲咒骂着。

"死就死，谁怕死!"姐姐不依不饶，像中了什么魔障。

父亲也气得没办法。有一次，姐姐一夜未归，害得父亲与小袁哥哥一夜好找。

4

高三下学期，姐姐的情绪十分低落，吃了饭就知埋头写作业，话也少了，像变了一个人。一家人小心翼翼地，生怕惹姐姐生了气，母亲总是千方百计地做好吃的，父亲再三叮嘱我别影响姐姐。我原以为她高考压力大，也并不在意，却没有想到她失恋了，同原来的那个男生分了手，天知道他们之间到底发生了什么事！

那一段时间，小袁哥哥的目光一直跟着姐姐跑，姐姐梳头时，姐姐读书时，姐姐吃饭时，尤其是姐姐关了门换衣服或者上厕所时，他的目光总是痴痴的，像是丢了魂。有天下午，我听到了小袁哥哥同姐姐的对话：

"艳艳，你要好好读书呢，别跟那些不三不四的男同学混！"

"少管我的事！"

"我是你哥，怎么能不管呢？"

"你是不是一直在跟踪我？跟到出租屋了？"

"我是怕你吃亏！再说了，天这么黑，我不放心！"

"我告诉你，你的那点儿心思我全明白，白卡（白费劲）！我的事我做主！"说完，又补充了一句，"要是我爸妈知道了我的事，我一辈子都不会原谅你的！"

没过多久，在我家干了八年之久的小袁哥哥被父亲赶出了门。

我蒙着头哭了一场。说心里话，我舍不得小袁哥哥，听说是回了四川，有人说他去乌鲁木齐打工去了。我觉得自己无意中当了一次叛徒，我想小袁哥哥要是知道这一切的话，是永远不会原谅我的。

　　在这之前，小袁哥哥趁我父母不在家的时候，拿了一双高跟鞋给姐姐：

　　"艳艳，这是我看着你墙上贴的那个明星穿的款式做的，你穿上这双鞋去上大学！"

　　"你咋知道我能考上呢？"

　　"能，一定能考上的！"

　　"要不我帮你穿上试一试，你穿上这双鞋子，配上你的裙子，比画上的那个女明星还好看！"说着蹲了下来，脸涨得通红。

　　"我不要，你给你的对象去穿吧！"

　　"我，我哪有对象嘛！"

　　"没有，没有赶紧去找啊！快去……"说完姐姐就转身离开了，留下小袁一个人愣在院子当中。我从窗子内看到了这一切，突然为小袁哥哥感到不平，心里骂姐姐："狗咬吕洞宾，不识好人心！"骂完之后心里头升腾起一股莫名的失落和悲伤。

　　我们姐俩渐渐长大了，加上厂子里与小袁一般大小的小伙子很多，父母怕出个什么丢人现眼的事。每天晚上，父亲总要拿一把锁子将我与姐姐的房门锁上，然后将钥匙挂在他们的房子里。

　　那天晚上，我不知小袁怎么会闯进我们姐俩的房子的，当时我睡得迷迷糊糊，借着月光，突然看到姐姐的头前站着一个人，他伸出手想摸姐姐的脸，粗大的手像一只停在空中的鸟在颤抖。月光下，这个人的脸色惨白，他额角垂下一绺头发，遮住了一只眼睛，他的鼻子挺直，嘴巴似乎还嗫嚅着什么。我下意识地惊叫了一声："姐，有人！"

　　姐姐猛地醒了过来，翻身就坐了起来："谁！"

　　姐姐翻身的同时，那个人身子猛地往后一缩靠在了墙上。姐姐打开了灯，我一看是小袁哥哥，心里头突然放松了下来。小袁哥哥吓得直哆嗦，恨不得穿墙而过逃之夭夭。姐姐见状，回头对我说："别喊！"说完迅速关了灯。

"小袁，你怎么进来的？"姐姐的声音变得异常平静，开始审问。看得出，姐姐也害怕，只是佯作镇静罢了。灯一关，我又紧张了起来，是一种莫名的紧张。

"我，我，我也不知道怎么进来的！"黑暗中我仿佛看到小袁的身子不停地在颤抖。

"你是不是喝了酒？"

"没，没，我没有喝酒。"

"你是不是偷了我爸的钥匙？"姐姐的声音越发地严厉了起来。看得出，姐姐已经完全消除了恐惧。

"不，不，不是我偷的，我老早前就配了一把。"小袁结结巴巴的。

"老早以前？这么说你早想干坏事了？你知不知道你这是犯法，是要枪毙的？"姐姐似乎在吓唬小袁。

我一听到枪毙，心一下子悬了起来，我觉得姐姐的手上正握着一把看不见的手枪。我希望小袁赶紧跑，越快越好。可是小袁听了枪毙二字，像吓傻了一样，木呆呆地一动不动。

"你进来要干什么？"我觉得姐姐有些明知故问。

"我，我，我就想看你一眼，看一眼，我，我给你做的鞋，你试一下看合不合脚？"说着，小袁竟从怀里又掏出了那双皮鞋。

借着月光，我发现那双皮鞋闪着锃亮而迷人的光，我甚至能想象得到，那双鞋是温暖的，带着小袁身上特有的气息。我还能想象到，小袁在做这双鞋时的专注的样子，以及他在想象姐姐穿上这双鞋时的样子，他的脸上洋溢着一种幸福的神情。

"我不是说过了，不要你做的这双鞋吗？你走吧，带上你的鞋，我保证，这件事我同芳芳都不会告诉我爸妈的！"姐姐的情绪一时有些烦躁。

借着月光，小袁哥哥斜着身子出了门，踉踉跄跄地，整个人像散了架。

姐姐的确保守了这个秘密，而我却没有保守得住，我不知道为什么要把这件事告诉给母亲，现在想来，我真是糊涂。

"妈，我觉得小袁哥哥人不错！"

"人要知恩图报，他是个孤儿，没有我们一家能有他现在的样子？"母亲用异样的眼光打量着我，似乎对我的话感到莫名其妙，"你个丫头为啥突然说起这个？"

"没什么，小袁哥哥给我姐做了一双高跟鞋，照着我们房子里画上的明星穿的鞋子做的！"其实我心里也想要那么一双鞋，但我没说出口。

"啥时候做的？"母亲放下手中的活，转过身来问，表情故意表现得很轻松。

"前天晚上，黑黑的，他送到我们房子里来了！"我一说出这个话，赶紧就捂了嘴巴，我知道自己说漏了嘴。可是，后悔已来不及了，我不小心点着了炸药包。母亲听后脸色顿时大变，立即放下了手中的活，打电话叫父亲回来，说有十万火急的事。家里的气氛紧张得像要爆炸。

我后悔不迭，我想小袁哥哥只是来送鞋的，或者他只是喜欢姐姐，想摸一下姐姐的头发，或者闻一闻姐姐头发上洗发水的味道，或者想亲一下姐姐，这有什么大不了的呢？难道，喜欢一个人还是犯罪！

父亲听到母亲说完这件事，顺手就摔碎了手中的茶杯子，杯子落到地上的声音，十分刺耳，我吓得一个人躲在自己的房子里，不敢出门，更害怕看到姐姐以及小袁哥哥。

父亲起先在客厅里走来走去，眼里喷着火。母亲坐在椅子上，神情也呆呆的。我知道他们的心情都很复杂，毕竟小袁哥哥在家待了这么长时间，没有功劳也有苦劳。后来，父亲停下了脚步，接着，他便同母亲一起大声地责骂了起来：

"这畜牲竟敢干这等事？我真想一刀捅了他！"父亲有些咬牙切齿。

"真是癞蛤蟆想吃天鹅肉！赶快打出去！"母亲坚定地说，"真是谁喂的狗咬谁！龟儿子，不是什么好种……"

…………

他们骂了好长时间，而且还稍带着责骂了姐姐。我不明白，平时温和而又慈祥的父母为何突然变得这样凶残，我从未听到过父母亲这样骂一个人，骂得这样恶毒。后来，父亲把小袁哥哥单独叫到一间空房子，扇了好几个耳光，又是一顿大骂，小袁哥哥一声也不吭。这样一来，两个人算是恩断义绝了。父亲结清了小袁哥哥的工钱，挥了一下手，别过脸，让小袁哥哥赶快滚。小袁哥哥给父亲跪下磕了三个响头，父亲背着身子一动不动。小袁起身后，头也不回地迈出了我家的院门。那一刻，我躲在房子里泪水满脸，我真想冲出去，对小袁哥哥说一声对不起。

晚上，姐姐回来后，得知到这一切，什么话也没有说就和衣睡下了。

5

在小袁哥哥离开我们家的第三天姐姐出的事。

下午四点多的时候，姐姐的两位同学慌慌张张地跑来说："你姐找不到了，你姐找不到了！"我听后疯了一般地就跑出了门。

"当时，我们在渠边不远的小树林里解了手，我们俩出来后慢慢地走，边走边等你姐，后来我们看到你姐与一个男的在渠边边走边说话，我们看不清那男的长相，转过一个弯后，等也不见你姐过来，后来，我们又弯回去找，也没有找到你姐……"

"姐，姐——艳艳，艳艳——"我声嘶力竭地喊，我的耳边除了水声什么都听不见了，红星渠里的水一泄而下，轰隆隆雷声般从天而降，似乎也要将我连这个世界一起带去。我的嗓子哑了，但仍继续呼喊姐姐。我跑到了水利站管水库的站长家，我请求他关闸，他问明了情况，很为难地说，要关也得等到明天早上，下面的地都在等着浇水呢！

母亲，父亲，我们一家人在渠畔上叫了一夜，哭了一夜。第二天水闸关掉后，我们在下游的铁丝网前发现了姐姐，她像一只被雨水打湿了的蝴蝶，斜着身子，睡着了一般。

母亲当场就晕死了过去，父亲坐在渠畔怎么也起不来。

头七这天，我去给姐姐上坟，发现坟头有一束鲜花，鲜花旁边是一双锃亮的高跟皮鞋。回家后，姐姐的大学的录取通知书送到了家，拿着录取通知书，我们一家又一次哭作一团。

泪蛋蛋

梦里头我唱着歌儿:

> 三十里的黄沙二十里的水,五十里的山路俺看妹妹,半个月跑了一个十六回,把那哥哥跑成了罗圈腿……崖畔上的妹妹从白守到黑,远远的好像个土啊堆堆——

我一遍又一遍地唱,像一个民歌手,可是为什么,为什么我只会唱一首歌呢?! 难道一个真正的民歌手就会唱一首歌吗? 我一遍遍地唱,头顶的天有些昏暗,仿佛是因为我的歌。我的歌好像是一阵风,吹落了山路上的杏花,那么多的杏花呵——纷纷扬扬。那些飘零的杏花怎么就变成了我心上人的眼泪了呢? 泪痕点点,零落成泥。我在山路上走啊走,一直要走出天边去,在天边我看到了一条河,这就是柳泉河。我看到我的歌声飘过了柳泉河,我想,过了河我就永远离开故乡。

> ……上眼皮流泪下眼皮笑,泪蛋蛋也沾了一层层灰。

我的歌声多么像一只大鸟啊，为什么又回来了呢，高高地盘旋在悠悠的青天里，不住地盘旋，飞啊飞，像我忧郁而捉摸不定的心。我的心捉摸不定吗？我觉得每一个人的心都捉摸不定。山路上、沟底里我的歌声飘过，黑乎乎的影子一般移动好快。我抬起头，看到了一只鹰，它张着巨大的翅膀，这让我有些害怕。我觉得自己是一只离开了母鸡的小鸡，多么孤单又危险。

一队迎亲的人从河里过来了，鬼影一样的，在沙沟梁上晃啊晃，又像是移动的云的影子，又似乎是我飘在空中的歌声落在了地上。这时，一股风从我眼前刮过，我忽然发现自己的歌声变成风中的一条布带子，我总想拽住迎亲人的衣襟，可我的歌声总是未唱出完整的一句，就像朽了的秸秆一样断成了几节节，飘散在风中了。我看到了红绸子搭在黑驴背上，古铜色的唢呐口朝天，每一个吹手都像刽子手，鼓着腮帮，眼睛血红，仰着头把我的心，把整个世界都碎了……

这怎么可能呢？我的心上人，竟会是马路对面理发店的红红。这个四川来的小姑娘，皮肤那么白，干净的脸上没有一颗雀斑，长长的睫毛，花样的眼睛，见了面总是热情地笑。每次理发她总是要给我理好长的时间，似乎是对我的每一根头发都要负责。每次我都要叮嘱她，给我留长一点，长一点，我的头发太薄了，太薄了。可是每次，不知不觉，不知不觉她就给我理短了。当她理到半程时，我应该说好了，可是为什么，我每次都没有说呢？每次理完我都心慌慌地头也不回地跨出门，也不敢照镜子，仔细地再梳理梳理。

现在，她怎么成了我的心上人，成了我童年的尕妹妹？我的尕妹妹也叫红红，她刚满十八岁就要嫁人了！而且要嫁给一个四十多岁死了老婆的生意人——斜眼的王大拿。难道我真的在梦中，难道我又回到了过去，如果一个人能重新活一次，退到自己满意的年龄，那该多好！

　　我大去她家提亲，去见她大，他大叫三拐子，一条腿长一条腿短，走起路来习惯性地要扶墙，仿佛没有墙自己就不会走路了一样。三拐子的老婆是个眉眼儿好看的女人，总是对着我笑，不知为什么，她笑着笑着就把自己吊死在崖背上的一棵枣树上了。我再也看不到她对我的笑了。我多么想她呀，可比我想她的也许还有红红，还有……三拐子问我大：你们家能拿出五万元吗？有砖房吗？你们家有三头牛吗？为什么，我也跟了进去，红着脸，好像是要去求婚！可是八字都没写一笔，怎么可能？我们家也是一贫如洗呀！难道要拿一个鸡蛋去换一门亲事？这几乎是没有羞耻心的，真不可思议。我替大回答了三拐子：没有，都没有，但我有一双手，可以挣！三拐子笑了，嘿嘿嘿——他笑得嘴唇朝一边歪着，这让我感到他的嘴也是瘸的。更不可思议的是我怎么变成了大，蹲在三拐子家的炕沿上，我一点廉耻也没有啊？正在这时，红红进来了，她的手里拿着一块脏兮兮的抹布——一个旧羊肚手巾，烂得好多的窟窿，她刚洗完锅。

　　"我就是要嫁给柳泉河岸的王大拿，他送来了两万元！"红红低着头说，语气虽然弱，但却十分坚定。

　　听到红红的话，大突然就从炕沿上栽了下来，突然也瘸了起来，比三拐子还瘸，大找不到墙，就像突然中了风。他下意识地一伸手，却碰上了三拐子家的白狗，白狗张了一下嘴，牙齿像假的一样，又像一个豁了口的梳子，它躲了一下，我也打了一个踉跄，我一时分不清到底是我腿瘸了还是大腿瘸了。这时，那白狗望了一眼我，咧嘴就笑了，它一笑竟然变成了冬子。冬子是红红正在上高中的弟弟，他为什么笑啊？是笑我们身无分文提亲的难堪，或者我们的无耻，还是笑我们差点摔倒的尴尬？

　　我说："冬子你不是念高中考大学嘛？"

　　我知道红红还有三拐子所有的希望都在冬子身上，期望冬子考上大学。为了上学，三拐子把牛卖了，家里就剩了一口锅，炕上铺的一片褥子也没有。

冬子说："我不考了，我本来是要考军校的，上军校不要家里掏钱，可是我血脏了，人家部队上不要。"

"血怎么能脏呢？"我不相信。

这时冬子就哭了："都是我姐那个卖×的把我的血搞脏了！"

冬子哭得伤心极了，眼泪流下来把衣服也打湿了。我说你别哭了，别哭了，肯定是医生检查错了，血怎么会脏呢？千万不能对别人说这话。冬子哭得更伤心了，只不过听了我的话突然将嘴捂住了。他用双手使劲地捂住嘴，生怕自己的嘴再说出一些不应说出的话来。我回头看大，发现他已经走远了，仿佛是被一阵风吹走了，我远远地看，大的背影像一张牛皮纸，黑糊糊的。

……上眼皮流泪下眼皮笑，泪蛋蛋也沾了一层层灰。

我在山路上继续往前走，沟深崖高，我感到自己在往山下滚。多么长的山路，崎岖陡峭极了，仿佛一辈子都走不出去。路上的石子犹如一把把刀子，一踩上去就要刺穿我的脚面，幸好我的脚下垫了好多双鞋垫。一想到鞋垫我停了下来。我脱下鞋一张一张地数，一张，两张……我反复地数，怎么也数不清自己到底垫了多少张鞋垫。鞋垫上我只看到了一对鸳鸯，一朵粉红的荷花。我没有见过真的荷花，也没有见过真的鸳鸯，但我认识鞋垫上的双喜字，我想红红也没有见过真的荷花，也没有见过真的鸳鸯，可是她一定知道自己为什么要给我送绣了鸳鸯与荷花的鞋垫！

她不是说要嫁给柳泉河边的王大拿吗？可为什么还要送我鞋垫？

王大拿曾对我大说红红在春天的时候就订下了。

春天，是那个春天啊，我走到了圪达坪，看到不知哪一年的春天。是的，是刚刚到来的春天，空气中充满了生机，是生长的气息，我觉得整个世界都在生长，都要变成另外一个样子了。过去的一切都像梦一样，现在春天来了，一切都从梦中醒来了。圪达坪的每一块石头都焕发生机。苜蓿芽从地缝里露了出来，远远的一片绿雾，多么嫩呀，捏在手心让人心动。我看到了红红提着小笼子，扎着羊角辫，多么可爱的羊角辫，一直在我的眼前晃啊晃，老让我分心。红红的手里拿着一片长长的小刀，像是从割麦子的木镰上取下来的一样，用一条破布缠着一半做把手。我的手太慢，还是因为红红的羊角辫晃花了我的眼，当红红剜满一小笼苜蓿芽的时候我才剜了个笼底。不小心有刺扎进了我的手，红红用针帮我挑了出来，血流了出来，红红用嘴噙了我的手指使劲吮，边吮边哭了。她为什么哭得那样伤心呢，是想念妈妈了吗？她突然发疯似的咬我的手指，似乎要咬断我的手指，可我为什么感觉不到疼呢？

难道是因为吮了我手指上的血，是我的血脏了红红的血，尔后又是红红的血脏了冬子的血？

天上的月亮被乌云又遮住了，我看不到尕妹的脸了，月亮从云里出来了，星星也出来了，我又听到了尕妹的哭声。一晃我们长大了，为什么她还是咬着我的手指哭个不停呢？

我说："我们一块到城里去打工，村子里比我们小的小伙、女子都出去了，我不相信我还不如他们！我们一块给你们家盖房子，一块养活你大！一块供你弟冬子上学！"

红红说："你，你走吧，我大收了王大拿的两万元彩礼了！"

"难道你真的要嫁给那个斜眼的老男人？"

月亮又被乌云遮住了，天上的星星多了起来，一颗一颗的似乎从天上抖落了下来，我眼前金星乱冒。我沮丧地靠在柳树下，听着沟底的泉水呜咽，我的内心像柳泉河的水难以平静！

"难道你真的为了钱，为了供你弟上大学而要出卖自己吗？"

　　我发现自己的双手在颤抖，像一个帕金森病人的手。我想用另外一只手按住我的手，可我被刺扎了的那根手指还在红红的嘴里头。我想将自己的手变成刀子，我想将自己的心掏出来给红红看，我使劲地想摆脱红红的牙，可她就是咬住不放。其实，就是掏出了心又能说明什么呢？一颗心能顶五万元吗？能将尕妹家的房子盖起来吗？能供了冬子上自费大学吗？

　　红红的泪水又一次从脸庞上滑了下来，那眼泪为什么那么清澈，像山泉从石头上流了下来一样，滴在衣服上没有一点儿印迹。我想亲吻她毛眼眼，但我却把她抱在了怀里，我没有什么非分之想，她为什么可亲得像我的女儿一样呢？红红下意识地抱住了我的腰，她的手臂是多么有力啊，可就是这一刻，她张开了嘴巴，松开了我的手指，又用手推开了我：

　　"哥，尕妹不配，下辈子吧！"

　　她将五双鞋垫塞进了我的怀中，转身就跑了。

　　"红红——"我咬着牙没有叫出口，尕妹，这个梦里千百次呼唤的名字，这个心上的人儿，从今将要走出家门，走过柳泉河，成为一个四十多岁的男人的老婆，成为王大拿那个斜眼的老婆了。隔山不算远，隔河就算远，可隔山隔水如何能隔得断对尕妹的牵挂呢？柳泉河呀！让我先走过去，试试它的冷暖与深浅，我知道，尕妹走过柳泉河，将永远成为另一个世界的人了！

　　难道这一切都是天注定的？她给了我五双鞋垫就是为了让我走更长的路？

　　天上一弯月亮，眼前一弯河，天上的月亮为什么变得这样血红，眼前的柳泉河为什么久久地呜咽？

　　是的，我看到了天上的月亮就想到了陈大夫的手术刀。

　　我们将冬子从沟底里背上来，就送到了陈大夫的诊所。我的身上到处是血，让陈大夫分不清到底是我摔伤了还是冬子摔伤了，冬子被他们家的牛一头顶下了深崖，我们发现时血快流干了。要不是看红红惊了一般地叫唤，我不会上气不接下气地背了冬子往塬顶上跑，我快被累死了，我一想到这件事，我的腿就不停地哆嗦，仿佛是寒冷的冬月天穿了一条单裤。可是让我后悔的是，我把冬子送往陈大夫的诊所时，也把红红送给了陈大夫。我恨不得杀了陈大夫，我回到家找了好多的刀子，每一把刀子我都磨得锋利，我不停地磨，最后每一把刀子都磨卷了刃。我觉得没有一把刀子是合适的，我多么胆小啊！我恨得直揪自己的头发。我想是不是从那天起我的头发开始变薄的。

陈大夫让红红躺在床上，他的目光在红红的胸脯上胡乱地扫动，我看到红红高耸的胸脯急促地起伏着，如夏天柳泉河里的波浪。我扬起胳膊说抽我的血吧，抽我的血，可是陈大夫就像没听见一样，她的目光还在红红的胸脯上扫，当红红解开衣服，脱下袖子的时候，陈大夫就让我出去。我在外面等了好长时间，等红红出来的时候，似乎过了一个世纪，冬子救活了，可我把红红丢了，红红把她的魂丢了。

……上眼皮流泪下眼皮笑，泪蛋蛋也沾了一层层灰。

我从城里往回走，我想自己这辈子再不会过柳泉河了，永远也不会回来了，可我还是回来了。我蹚过柳泉河，可为什么感觉不到水的冰凉呢？我爬上沟梁，为什么感觉不到山路的漫长呢？

王大拿娶到红红后把她关在家里，不让她出门，不让她抬头看天，不让她穿新衣服。没两年又被赶出了门。我的红红，我可怜的尕妹。我几次梦里从王大拿的门前过，我听到了你的哭声，我几次想进去看你，却总没有勇气。王大拿门前的水太深，像护城河，难道王大拿将柳泉河的水引到了家门口？我多么希望你能出来在河边洗衣服，可我又怕你跳进了护城河。护城河的水啊，深不见底，流得急啊！比时光流逝更快。我多么希望王大拿家门前的水流得慢一点再慢一点，如果水流慢了，时光也会跟着慢下来的，这样你就不会老了？我多么希望你永远年轻，永远美丽。可是，我看到了王大拿的大门上挂着一把铜锁，闪着金子一样的光，有一只狼狗蹲在门口，不时地吐着红舌头。那只狼狗眼睛也是斜的，多么像王大拿，也许它就是王大拿。我不相信，王大拿走街串乡地做生意，他能离开了他的生意？他会守着一把锁子？

天上的月亮啊！多少年还是这样明亮，地上的柳泉河啊！多少代还在不息地流淌。

我走在山路上，又想起了陈大夫的手术刀，明晃晃的手术刀，他用手术刀将红红逼到了墙角？还是用麻醉药迷倒了红红？好像都不是。是红红自己找上门去的，难道是为了报答陈大夫救了弟弟冬子一命的恩情？是陈大夫恐吓了她。红红知道，如果陈大夫将"红红的血是脏的而且会传染"的这个事实宣扬出去，红红就永远也嫁不了人。如果这样，她们家就完蛋了，他弟弟学也上不成了，家里的房子也修不起来！可是，还有我呀，红红，我亲爱的红红。我在城里头打工挣了钱，我可以还陈大夫的钱，我可以供冬子上学，我可以给你家修房子！可为什么你还是要去找陈大夫。

我站在陈大夫诊所的窗前，我看不到他们在做什么，但我听到了红红喊疼，疼——红红似乎在求饶，似在求陈大夫放过他。陈大夫戴着眼镜像个教授，但一取下眼镜就变成了禽兽。

红红咬着牙尽量使自己不要将疼字喊出来，但她太疼了，还是喊了出来。那个撕心裂肺的疼字飞进了我的心里，让我的也有了撕心裂肺的疼。好多年来，这个疼字一直在我的心里头生长着，越长越大。我安慰自己，我说陈大夫是在给红红打针，可是针能打那么长时间吗？打针有那么疼吗？我无论如何也说服不了自己。

　　　　三十里的黄沙二十里的水，五十里的山路俺看妹妹，
　　半个月跑了一个十六回，把那哥哥跑成了罗圈腿……

　　我从头唱起，可歌声为什么变得这样沉重啊！就像在呕吐，我几乎将自己的肠子都吐出来了。

　　山路上的杏树一棵也没有了，所有的杏树都被王大拿砍掉了。他提着一把斧头，追杀红红。他一步就跨过了柳泉河，两步就爬上了沙沟梁，他一共砍掉了八十一棵杏树。他眼花了，看到一棵开花的杏树就以为是红红站在他的面前，他发疯一样地挥斧下去，他使劲地砍啊砍，他要将红红剁碎，可是他砍倒的全是树，全是开满杏花的树。山路上的杏花纷纷扬扬，像天女散花，王大拿没有找到红红，却砍死了三拐子。

　　警察来了，把王大拿抓走了。山路上开始刮起了大风，陈大夫在风里头哈哈哈地笑。红红走过了柳泉河，在新婚之夜，她用陈大夫给的一包血浆代替了处女血，欺骗了王大拿。两年后，陈大夫又告诉王大拿，红红的血是脏的，不能生孩子，王大拿娶红红就是为了生孩子，他没白没黑地在红红的身上折腾，就是为了传宗接代，他担心自己挣的钱没有人继承。王大拿听了陈大夫的话，他气得半死，他是多么精明的人啊！走街串巷见过多少世面，从没有吃过亏的人却吃了大亏！王大拿恼了，说三拐子欺骗了他，他要杀三拐子全家。

　　现在，王大拿的家变成了一个大诊所，我鼓足了勇气走进去，里面有许多的大夫，也有许多的护士，每一个护士都长得像红红，可没有一个人认识我。我问了问她们这诊所有没有一个叫红红的人，她们都说没有。我说你们这儿有没有一个叫陈狗子的大夫。一个女护士悄悄说，不能这样叫，他是我们院长。我想去找陈狗子陈大夫陈院长，但我一抬头又看到了一把手术刀，是一把真正的手术刀，就挂在天空里，上面还滴着血。我又一次胆怯

了，我只好转身又往城里走。

城里的街道还是这样拥挤，每一辆车都疯了一样地窜，城里的大楼一幢比一幢高，每一幢未竣工的大楼里都有血汗味。我在路边走着，碰上了好几个乞丐，他们有的缺了胳膊有的少了腿，也有肢体健全的跪在地上乞讨的女学生，这些都让我躲闪不及。我生怕他们抢我口袋里的钱，我口袋里有那么多钱。我不知道是从哪儿来的，它们不断地膨胀，几乎要弄破我的口袋了。我在大街上碰上了冬子，我不敢相信冬子长那么高了，秀气白净，胖乎乎的，让我惊讶。

冬子见了我并没太惊讶，仿佛他知道我天天要路过这儿一样。他说自己在这座城市读大学，他戴了眼镜，上衣是阿迪达斯牌的运动服，里面是球星的 T 恤。他的耳朵上还插了耳机，看样子是在听歌曲，嘴里还小声地跟着唱。他另一只手握着一个时尚的手机，红白相间，多么漂亮的手机！相比之下，我的穿着却是这般穷酸，而且连手机也没有。现在大街上捡破烂的都有手机，而我却没有手机，这让我突然怀疑起了自己口袋里是不是真有钱，难道是一团废纸？我有些害怕或者是羞涩。我想躲开冬子的目光，可冬子却主动地过来了。他叫我哥，他叫哥时脸上泛起了笑，让我恍惚间觉得是红红在笑，我结结巴巴失态地喊出了"红——红"两个字。冬子说，我姐也在这个城市工作，她叫我找你呢。

我不太相信这一切会是真的，红红——我的尕妹我终于找到了你。

我们走了好长时间，在那么多的楼群间转来拐去，我觉得自己已经迷失了方向，她为什么不回家呢？难道红红也迷失了方向！

红红的出租屋里头，啊！多么干净的床，好大的床，占满了整个房子，这让我分不清是房子太小还是床太大，真的，我分不清。红红的床头有一些杂志，每一本杂志的封面都是一个女人，她们搔首弄姿的样子，让我不敢注目。我看到了床头红红的枕头，有两个，每一个枕头上只有一个鸳鸯，这让我想起了她给我的鞋垫。于是，我就脱下了鞋，可我却找不到鞋垫上的鸳鸯了。大约是我走了太长的路，把绣上去的鸳鸯荷花都磨完了。我有些难为情，我脱下鞋是为了上床还是为了找鸳鸯，还是为了看杂志，我也分不清。我觉得红红是希望我上床的，也许她早就忘记了那五双鞋垫，早已忘掉了鞋垫上的鸳鸯，以及荷花。我只希望红红能再咬一咬我的手指头，我不想说一句话，顶多就想抱一抱红红，可是红红却又一次哭了。她抱着绣着鸳鸯的枕头哭了。我一时慌了神，不知该怎么办，冬子早就走了。

这时候，我听到了有人敲门，红红突然间就停止了哭泣，而且神色紧张了起来，仿佛有坏人。我们谁也不敢开门，那个敲门的人敲了好久才走，她高喊着价格，从五十加到了五百，红红的脸一次比一次红，后来又变得惨白。

我说红红你给我理发吧，她却说自己不会理发，我说这几年我一直在你这儿理发的呀！你老是给我理得太短，太短了，理着理着就思想跑毛了，理着理着就给我理短了。有一次你还给我理了个光头，理完后你笑了，我也笑了，后来你再也没有给我理过光头。

"你记错了吧，我怎么会理发呢?"

"我没有记错，就是你理的呀！"

的确，我有些糊涂了。

我们再争论的时候，冬子进来了，仿佛姐姐身上发生的一切他都知道了。他怒气冲冲，眼里喷着火，他一脚踹开门，一进门扬起巴掌就打红红："丢人，贱货！我有你这样的姐姐是耻辱，我恨不得去死，我再也不上什么学了，我自己去打工，我养活我自己！"他劈头盖脸的，如暴风雨，又如机关枪，让我们无法拒挡。

　　红红跪下求冬子，可冬子还是拳打脚踢，冬子的身材高大，那么有力，我扑上去了几次无论如何也拉不住他。以前，他是一个瘦小孩，就在高考落榜的那一年还是瘦得皮包骨头，可是这几年，他却变得这么胖了。他为什么要往死里打红红呢，他将红红的高跟鞋扔出了窗外，我上前去拉冬子的胳膊，他扬手就将我推到了一边，我又扑上去，想死死地抱住他的一条胳膊，但是他一扬手就将我搡远了。红红抱住了冬子的腿哀求："姐求你了，把书念完，念完你就不认这个姐行吗？"

　　可是冬子却扬起了手中的手机砸红红的头，我扑了过去，用自己的身子护住红红，这时冬子一脚踢远了我，我感到自己的身子轻极了，我被踢上了墙，又重重地摔在了红红的床上，我惊慌极了，我怕自己把红红这么干净的床弄乱弄脏。这时我又看到冬子用一本书狠狠地又砸向红红的鬓角，鲜血登时就流了出来。我不相信，一本书能将人的头砸烂，也许是手机砸烂了头呢！我看着红红伸着手挣扎着要抓冬子，然后倒在了血泊中。红红的血像杏花的颜色，还有一种淡淡的芳香。在红红倒下去的那一刻，我发现她望也没有望我一眼，而冬子则扬长而去了，我看到他的背影，仿佛是一张白纸。

　　我抱着红红出了出租屋的时候迷了路，在那么多楼体间花费了太多的时间，似乎进入了八阵图。我费了好大的劲才将红红抱到了马路边。一辆一辆的出租车在我眼前经过，没有一辆愿意停下来。我急得大哭大叫，终于有一个好心的司机停下了车。我连连说谢谢，恨不得把这位出租车司机叫大爷。

　　我将红红送往医院的时候，穿白大褂的医生，戴着眼镜和白白的口罩，他说需要输血，我听了便勇敢地扬起胳膊让医生抽我的血给红红。医生说要化验，我说化验就化验，很快结果就出来了，医生说我是 O 型血能用。我说我的血不脏吧，医生很奇怪地看了我一眼，我说红红的血呢，医生说她是乙肝病毒携带者！

可为什么，当我的血输入红红的血管后，红红很快就没有了呼吸，我看到了她高高的胸脯，停止了跳动，就像柳泉河的水失去了波浪一样，红红的脸苍白得像一张白纸，而她的嘴唇却是紫黑色的。我惊慌极了，我想我的血里是有毒的！我急得大喊医生。但医生呢？为什么找不到医生了呢？当时接诊的医生蒙着面，我无法看清他的相貌，我拼命地、大声地喊，可就是没有人答应，也没有一个医生来救人。突然，我的眼前出现了陈狗子陈大夫，他的脸上堆满了得意的狞笑……

我从梦中醒了过来，发现这确实是一场梦，浑身大汗淋漓，就像从水里刚出来一样。我扭过头看窗外，天已经大亮了。我伸手挠了挠头，发现头发已经好长了，似乎是一夜之间长长的。我想确实该理发了，我呆呆坐在刚才那奇怪的梦里想了想，又看了看身边的妻子，感觉有些羞愧，仿佛做了什么对不起她的事了一样。我无法理解，那个理发店的小女孩，怎么就进入了我的梦里头呢？

中午的时候，我又一次想起了这个奇怪的梦，我想大约是地震后精神上有些紧张，胡乱做的梦吧！这段时间电视、报纸，铺天盖地的地震消息，铺天盖地的伤痛与眼泪，捐款、志愿者、献血……整个世界似乎一下子变成黑白色，纷乱极了。

于是，我走过了马路去理发，我进了这家叫"从头开始"的理发店，老板见是熟人热情地招呼着，我左右看了看，老板大约看出来我要找红红，因为她也知道是红红常给我理发，便说：

"这不地震了，这丫头家里也受了灾。"

"她回家去了？她家里人没事吧？"

"幸好没有事，家里人不让她回！现在太乱了。"

"那她上哪儿去了？"

"在里头睡着呢，刚才去献血了！这傻丫头……"

正说着，红红拉开了里面的门出来了，她脸色有些苍白：

"哥，来了？我给你理！"

我站在外面，侧目向她睡的房子里头看去，里面确实是一张大床，就如同我梦中的一样，床头也摆了好几本杂志，封面上也有搔首弄姿的女人。听到她叫我哥，我突然间就有些恍惚了，不知道自己醒着还是在梦中。这时马路对面的菜市场上飘过了歌声：

> 三十里的黄沙二十里的水，五十里的山路俺看妹妹，半个月跑了一个十六回，把那哥哥跑成了罗圈腿……崖畔上的妹妹从白守到黑，远远的好像个土啊堆堆，上眼皮流泪下眼皮笑，泪蛋蛋也沾了一层层灰……

山路上

艰难时日过后，青草塬终于迎来了一个丰收的夏季。

我永远也忘不了那个丰收的夏季，塬边上、坳里头、紫金洼、骆驼项、七碰洼，麦浪滚滚，到处黄灿灿一片。全村的大人小孩，甚至连走不动路的老人都被扶了出来，面对一派丰收的景象，他们高兴得说不出话来。人们手里攥着割麦子的镰刀，逡巡在麦田边上，一个个跃跃欲试。布谷鸟整天在催促：现黄现割，现黄现割！那声音有一种穿过时空的力量，它让村子里每一个人听得心潮起伏。成群的麻雀一会儿飞到这片地里头，一会儿飞到那片地里头，显得兴奋不已。它们时而立在麦穗上荡着秋千，时而钻到麦秸下啄食那饱满的麦粒儿，一个个吃得身子肥嘟嘟的，连起飞都显得有些困难。

中午，父亲去了紫金洼一趟，回来时满脸欣喜。他对母亲说："擀细面吧，准备明天开镰，紫金洼的麦熟了！"我与弟弟一听，哇哇叫着跳着，我怀疑野菜稀粥的日子让我们的肠子都变成了绿色。是的，我们已经好长日子没有闻到麦面的香味了。

"爸，给我磨一张镰，我也想割麦子呢！"我有些按捺不住。

"有你们干的时候呢，急啥？去给驴添点草，明天要挂辕呢！"

我无法想象自己手执一把镰刀割倒人生之中的第一捧麦子的感觉。我一边想一边去给驴添草。小母驴看见我进来了，吐——吐——地打了两个喷鼻，眼里头像在笑，我知道它也感受到了丰收的气息，感受到了我们全家幸福而激动的心情。我用筛子搅了满满的一筛子铡好的青草，又和了些麦草，用手拌了拌端给了母驴，母驴急切地用脖子直蹭我的胳膊肘儿。

晚上，我梦到自己提着父亲磨好的镰刀，偷偷地出了山，钻进了一片金黄的麦田中，麦子那么高，高过了我的头顶；麦子那么密，密得让人透不过气。我兴奋地扔掉了镰刀，躺了下来，躺在这麦秸所做的厚厚的大床上。啊！天空是那么高远，大地是那么丰厚，世界只有纯粹的两种颜色，大海般的蓝与金子般的黄，空气中弥漫着令人心悸的麦香。那么多的小鸟从我的头顶飞过，它们叽叽喳喳地欢笑着。微风吹过，麦浪滚滚，我感到自己被麦浪飘浮了起来，多么温暖舒缓的麦浪，我像回到了婴儿时代，在母亲的怀抱中荡啊荡，摇啊摇，一种无比幸福与甜蜜的快感漫过全身，我平生第一次从梦中笑了醒来。

父亲与母亲天不亮就出山割麦子去了，也许他们高兴得一夜不曾入睡。等我放学回来时，崖头的碾麦场里已站了十五六个麦捆子，威风凛凛的样子，像一个个全副武装的武士。

母亲烟熏火燎地在厨窑一边做饭，一边安排："二狗你在场里看麦子，（麻）雀多得很！石头你去帮你爸挂车去，你爸还在紫金洼里割麦子呢，挂回来了一搭吃面！"

"妈，我也想去紫金洼看爸割麦子！"弟弟说。

"你不要去，看场去，刚割回来的麦子都喂了（麻）雀，咱吃啥呀？这瓜娃子！"

待我跑到紫金洼的麦地时，父亲已经割完了一畦，正一捆捆地往架子车上装，我急忙帮父亲的忙。一捆一捆的麦子头对着对整齐地装上了车子，高高的，像一座小山，这让我担心小母驴能不能拉得动。

到凉风嘴头的大陡坡时，车子果然僵在半坡中了。小母驴后腿直发抖，蹄子在坡上不住地打滑。父亲将车辕压得低低的，勾着头抻着脖子使劲拉，他的脸涨得通红，额头的青筋如蚯蚓一般醒目。我在后面使了吃奶的劲推，车子仍丝毫不能前进。山路上一个人也没有，没有一个人能伸出手来帮我们一把。如果驴将绳拉断，车子就会倒退着推了我飞下野狐沟，麦散人亡，后果不堪设想。父亲想到了危险，他竟然跪了下来，喉咙里发出了一阵痛苦的呻吟。我们同母驴一起坚持着。我不知道，那一刻父亲想到了放弃没有，母驴想到放弃没有。我感到力气快要用完了，头几乎塞进了麦捆子，我想腾出一双手来，捡一块石头垫在车轮下，这样好歇口气，可我连一只手都腾不出来，稍一松劲儿，车子就往后退。这时，母驴的两条前腿跪了下来，大约僵持了不到一分钟，母驴的两条后腿拼命一蹬，车子动了，接着它的脖子一扬，收起前腿向前猛地一冲，就将车子拉上了大陡坡。我们都长长地出了一口气。父亲将车子放在平地处，慢慢地出了车辕。他默默地走到了驴跟前，将驴身上的汗用手掌轻轻地抚了抚，落满麦尘的脸上写满了感激。我走了过去，摸着驴的头和汗津津的耳朵，内心五味杂陈，禁不住流下了热泪。

我永远也不会忘记母驴的救命之恩，如果不是它，也许我早已离开了这个世界，同我的爷爷一样，连一口新麦也吃不上。如果不是它，我将看不到青草塬丰收的场景，在我短短的人生的记忆里将会留下一大片空白和遗憾。是的，是小母驴将我从悬崖前拉了回来，从死神的手中夺了回来。

大片麦子黄熟的时候，青草塬的每一寸土地都能听到快乐的心跳。满山遍野是男男女女忙碌的身影，面对一望无际的麦浪时，心情有些复杂，他们有些犹豫，似乎担心很快割完，待他们伸出镰刀割上第一镰后，就沉浸在丰收的喜悦之中了，他们很快就忘却了自己，他们顶着烈日，在麦田里挥汗如雨，兴奋地挥动着镰刀，完全忘记了疲劳。当他们割完一畦站在地头看光秃秃的麦田时，心里头似乎有一丝丝失落，他们没有想到这么快就割完了，仿佛还没有割够，没有割过瘾。

碾麦场上，麦捆子排成千军万马，有时候堆积如山。今天你家碾场，明天我家碾场，人们扛着铁叉或者木锨自发前去帮忙，比顾红白喜事还积极，每一个碾麦场都变成了庆祝丰收的舞台。纸烟，香槟，收音机里的评书或秦腔，以及细长面，男男女女在一起说笑，孩子们在麦草堆里翻跟头，丰收的快乐淹没了整个村子。等碾完麦子，扬完场，晒干麦，人们的快乐的情绪才悄悄有些收敛。晚上，面一轮明月，或满天的星斗，一家人坐在院子里，凉风习习，他们细细地盘算，要交给公家多少斤，能留给自己家多少斤，有没有余粮可以粜。有些人打算粜一些粮给家里添置些家具，或者为儿子说个媳妇，可当他们拉着一车车公粮向乡政府的粮仓走去的时候，心情就变得沉重了起来。他们不知道，有多少个这样的丰收日才能够过上稍微轻松的日子。每每这样的念头一出现，他们也会骂自己：人心不足蛇吞象，有的白面吃就已经谢天谢地了！

啊，这让我爱恨难分的青草塬，我的含辛茹苦的乡亲们。

当我透过飞扬的尘土或者朦胧的薄雾，再次凝视青草塬的时候，我总是能看到邪恶与正义，善良与残暴，温情与冷酷，仇恨与宽恕，欺骗与愚弄，痛苦与欢乐……它们水乳交融，像庄稼和野草一样混杂在一起蓬勃生长。我尽力地向土地深处望去，我企图看到祖先并乞求他们给予我一些人生的启示，我更多看到的是祖先卑微的身影，以及恒固在他们脸上乞怜的表情，悲凉的情绪瞬间就贮满我的心间。

当土地上所有的生命安息之后，我总能看到我那亲爱的小母驴，烈日当头，皮鞭之下，血汗淋漓，它的身后是沉重的犁铧，它在苦难与困境之中，总是以拼命向前的姿态以示世人，它用孤独与沉默的方式，接受泯绝人性的暴力与悲惨的命运，它将卑微生命无怨无悔地交付给它贫弱的主人，就像我的祖辈们将自己的命运交付给这片贫瘠的土地一样。

光秃秃的田地一眼望不到边，夹板绳索、坚硬的拥脖、沉重无比的犁铧，一同组成了小母驴命运的桎梏。二叔将自家的牛拴在地头休息，而只用我家的母驴独个儿犁耕，这坚硬如铁的土地，顿时变成了小母驴受难的刑场和祭坛。在二叔的鞭打下，小母驴不敢有丝毫懈怠，它只能选择拼命向前，它的脚步稍有停歇，闪电般的鞭子就会从空中落下来。有一阵子，二叔扬着鞭子连续不停地打驴，歇斯底里的样子，一副要置母驴于死地的架势。鞭子所落之处，如同锋利的刀子剥开母驴的皮肉。我感到二叔的鞭子不是抽在驴的身上，分明是抽在我的光背上，让我疼痛难忍。多少次梦里，我连滚带爬跑进了地里，扑了上去，死死地抱住二叔的腿大声地哭求："不要打驴，不要打我们家的驴，二叔，求求你了！不要打驴！"二叔看也没看一眼，将我一脚踢开。

我看到母亲也踉踉跄跄地跑进了地里，母亲顾不上我，她跪在犁沟里紧紧地抱住了二叔的腿："他二叔，我求求你，你不能同牲口较量呀！"母亲头发凌乱，泪水满脸，一副死活不愿松手的样子。二叔见状，更是愤怒，他的鞭子一次次地向驴背抽下去，我听到母亲声嘶力竭地哭喊："作孽呀！"很快，母亲在鞭影中也倒在犁沟里。二叔的皮鞭仍一次次地落在了小母驴的身上，每一鞭下去，小母驴的身上就裂开一道口子，血汗顺着鞭痕滚滚而下，瞬间就染红了脚下焦枯的土地。

村子里，大多数人家都养牛，牛力气大繁殖快又好使唤。包产到户以来，全村只有我家还养着一头驴，这倒不是我们不懂得牛比驴好使唤，实在是我们舍不得卖了它。母驴虽然身形瘦小，但干起活来却是一副不要命的样子，它正是靠着这股拼命的劲头给自己和我们家赢得了尊严。平时，除了耕田种地外，常常有人来借驴推磨，这可是牛干不了的活，有时也借驴挂车。每每借出之前，母亲总是要早起给驴好好地吃一顿。每次干活回来，小母驴就像从水里头捞出来的一样，浑身湿淋淋的。借用了驴的人还驴的时候总说我们养了一头好驴，一点也不惜力气。借驴的人走后，母亲总是心疼得直掉眼泪，她轻轻地抚摸着驴背："你这急性子呀，是不要命了么！"

二叔借了驴耕地，在套夹板子时用手掌打了驴的眼睛，母驴受到了惊吓，在地里头拉着夹板子不住地跳。二叔一边骂，一边扬着鞭子教训驴，没想母驴竟扬起后蹄，不偏不倚就踢到了二叔的肚子上。二叔疼得扔掉手中的鞭子，捂着肚子倒地直打滚，母驴趁机拖着夹板子跑回了家。这事赶巧被路过的污水嘴看到了，他笑得直不起腰来："这驴还是给你留了情面，要是再低那么几寸，你可能就成太监了！"

二叔听了，气得想跳起来抽污水嘴两鞭子，可当时别说跳了，连爬起来都显得困难，他感到肠子被踢断了。二叔撵回来，本想打驴出气，但看到父亲就没敢动手。他一边捂着肚子，一边诉苦一样地骂驴："差点把我命要了么，差点把我命要了么！"

"你是不是打驴了？你咋跟牲口计较呢么？你不打驴，它会无缘无故地踢你？"父亲黑着脸，一边给驴添草一边说。

"我没打，我没打么，这牲口本来就不听话么！哎呀，我的肚子呀！"二叔说着捂着肚子，只好悻悻地走了。

自从二叔被母驴踢了之后，为报一蹄之仇，只要借一次驴，就要将驴痛打一顿。驴只要看到二叔的身影，就不安起来，将缰绳抻得嘎嘎响，未等二叔近身，它就浑身发抖。我一直怕二叔前来借驴，每天放学回来，如果看不到驴的身影，我心里发慌，一旦听到是二叔借了驴，眼泪就不争气地出来了。多少个夜晚，我梦见了二叔用力地把犁深深地插在地里，然后扬起鞭子使劲地打驴："叫你再踢人，叫你再踢！"母驴拼了命地拉犁，几圈下来，就拉不动了。有几次，我梦到驴倒在了犁沟里了，躺平着身子鼻孔里急促地喘着粗气，睁大了眼睛，等待我的救援。

农闲的时候，母驴总是一副孤单落寞的神情，每当河湾里传来邻村的驴叫声时，母驴就会歪着脖子竖起耳朵静静地倾听，眼神迷离，表情略有兴奋，仿佛听懂了远方的呼唤，一边用蹄子刨着圈里的土，一边仰起脖子昂昂地回应几声。一段日子，若听不到河湾那边的驴叫声，它的情绪就显得十分低落，耷拉着头在太阳下打盹。这让我常常替母驴感到难过，我一直幻想着四处驴叫的场景，替母驴想象着一个热闹的驴的世界，可是，驴在这个世界上越来越少，似乎要销声匿迹了，这让我隐隐地担心。

想想要是黑娃家的公驴在，母驴就不会感到如此落寞、如此孤单了。虽然黑娃家的公驴像个花花公子，干起活来偷奸耍滑，空长了个俊模俊样的身坯子，即使这样，我也情愿让母驴同它合对耕种，可惜黑娃家的公驴早就离开了村子，离开了这个世界。

每年春天来临时，母驴就会发情，发情后的母驴水门儿湿湿的，眼睛里充满了难言的躁动。当别的牲口发情追逐的时候，母驴只能在院棚里，呆呆地拧过头看，四蹄不安地走动。

我看它难受的样子，就想求父亲拉了它去别的村给它配种。我想，就算是配不上种，去见见它的同类也好。我多么希望母驴能给家里生下一只驴驹子啊！可父亲对母驴的发情视而不见，他担心一旦母驴怀上后，就没有人愿意同我们合对了，这样就会影响耕种，要是影响一季的庄稼，全家就得饿肚子。父亲内心充满了矛盾，他思前想后下不了决心。

我常常幻想，要是驴下个驹子，即使不卖，也不至于望别人的脸色求人家合对耕种。再说，家里有两头驴也觉得殷实，至于耕种的事，先借亲戚邻里家的应付一季。父亲大约跟我想到一起去了，这年春天，他终于下定了决心。

　　早上出发的时候，母驴在父亲的身后急切地打着扑鼻，我担心父亲在那一刻突然会放弃，但父亲还是匆匆地拉着驴走了。整整一天我的心一直提在嗓子眼。傍晚时分，我看到母驴无精打采地回来了，浑身脏兮兮的，似乎摔倒过，身上似乎有被踩踏过的蹄印，这让我感到吃惊。我还注意到，母驴的眼里头没有了发情时的兴奋和不安，反而多了些委屈与不快，像受了多大的欺侮。父亲的脸色阴沉着，一句话也不说，看样子有些后悔。我提了桶给母驴打水喝，母驴只是用唇轻轻地沾了一下水桶，闻了闻一口都没有喝。我端了一筛子嫩苜蓿倒在了槽里头，母驴将嘴唇挨在草上，开始慢慢地嚼了起来。父亲的神情看起来疲惫至极，像走了很长的路，他望着母驴一副忧心忡忡的样子。

　　过了些天，驴的精神好了起来，食量也比以前大了，眼里头多了些温和与慈爱，比往日安静了许多，似乎知道自己要做妈妈了。我想到它曾踢掉狗子的门牙来，曾把二叔踢倒在地里头，干活时的那一股子拼命劲头，又看到它现在的脾性，又高兴又担心。

　　母驴怀孕后，我们一家精心地照顾着它，不让它干重活。母亲还炒了半生不熟的豆子给母驴当饲料；我专拣它最爱吃的草割了喂；弟弟从双龙泉挑水上来，在太阳下晒热，然后再给它饮。看着驴的肚子一天天大了起来，我们一家高兴极了。我做梦都想着驴驹子的样子，有时候贴了母驴的肚子听，听驴驹子在肚子里的动静。

　　时间过得很快，眼看再有一个月驴就产驹子了。这天，父亲去了集市上卖龙骨，父亲同老毛球、狗子等几个人在野狐沟挖出了龙骨，龙骨可以止血，作为药材可以卖钱。我与弟弟都去上学了，家里只有母亲一个人。二叔在山上割完糜子后不想挑就来借驴。

　　"他二叔，驴快要下驹子了，干不了活呀！"母亲央求二叔。

二叔见父亲不在，嘴里便嘟囔着："把先人养下了么，牲口就是干活的么，金贵个啥么？"

母亲知道二叔的脾气，她一副誓死不借的样子："反正不能借给你！你爱借就到别人家借去吧！"

二叔一听，倔劲就上来了，人来疯一样："不借是么，我偏要借呢！"说着便挥手搡了母亲一把，硬要将驴牵走。

母亲死活不让二叔牵驴走，两个人争执了起来，这时秀莲看见了，怯生生地也想劝二叔，但二叔是那种越劝越不听话的人，秀莲的话还没出口，二叔便大声地呵斥着不让别人管：

"把驴挣死我赔，与你们左邻右舍有啥关系呢，都走远，给我走远！"

二叔一边骂一边解开了拴在槽头的缰绳。母亲抱住驴的脖子不让二叔带走，二叔扬手就将母亲推倒了。驴乖乖地没有任何反抗就跟在二叔后面走了，秀莲把母亲扶了起来，母亲泪水满脸边骂边追："天杀的——"

母驴被二叔的叫骂声吓得战战兢兢，母驴是怕二叔再打它，它担心肚子里的驹子。在没怀驹前母驴被二叔打怕了。

母亲追上去，把驴缰绳就夺了下来，二叔气急败坏，就朝驴肚子狠劲地踢了一脚，母亲见了惊叫了一声："作孽呀，你这是作孽呀，驴快要下了，你敢踢驴肚子！"一时，驴疼得挣脱开缰绳就往回跑。

晚上，母驴就有些不大对劲，看样子是肚子疼，一会儿站起来，一会儿又卧下，折腾个不停。父亲感到有些奇怪，不停地问："这驴是咋了，这是咋了？"

母亲见父亲问，啥也没有说，只是神色有些慌张。父亲忧心忡忡："看样子是要下了，可还不够月份啊！这怎么就……"接着便唉声叹气，仿佛后悔当初带驴去配种了。母亲半夜起来到草窑里看了几次驴，一直没敢提白天的事。

天快亮的时候，驴的水门开始出血，父亲在窑里头架了炉火，母亲也烧了柴窑里的炕，窑里头暖烘烘的。驴槽里是满当当的草料，但驴疼得顾不上吃一口，缰绳拽得嘣嘣生响，似乎要将槽头的木橛拔出来。一家人都知道驴疼，但谁也没有好办法。父亲指使我叫来了二爷，二爷一进门就将烟锅里的火急急在鞋掌子上磕了，快步走到驴身边用力地将驴的肚子。这一将，驴就顺溜地躺下了，头平平地搁在地上，肚子隆得极高，像扣了一口大黑锅。随着二爷不停地来回将抚，驴的后腿不停地伸屈着，喉咙里吭吭地响。

没多久，我在门外面听得噗哧一声，像水袋破了一样，很快里面就说："下来了，下来了！"母亲眼泪在眼眶里打转，她急急地叫我帮忙快给驴抬米汤。我们抬了米汤进了草窑，母驴已经站起来了，像卸了啥负担一样，显得轻松了好多。小驴驹子卧在一旁，身上湿湿的，一双明亮眼睛懵懂地望着我们，显得可爱极了。母驴不时地回头看看驴驹子，眼里头有几分惊惧和诧异，似乎没有一点儿当妈妈的兴奋和喜悦。

父亲同二爷在圈里另笼了一堆火，慢慢地烘烤驴驹子，没有烤多久驴驹子竟挣扎着站起来了。

"条子真好，腰腿长，俊朗得很，能长成大驴呢！"二爷点了一锅烟松了一口气。

"这倒是咋回事？还不足月呢，不足月呢！"父亲的神情严峻极了。最忧心的是母亲，她用小勺子舀了米汤一点一点地给驴驹子耐心地喂，像喂一个断了奶的孩子。

母驴下了驹子后迟迟没有奶，显得十分虚弱，它不时地回头，望望我们一家人，眼里头满是无助与失落。有时它低下头来舔一下小驴驹子的头和背，神情是那么温和安详。母亲只能给驴驹子灌米汤喝。驴驹子满月后，一有空，我就会将驴驹子从窑里推出来晒太阳。刚开始，它在院子里偶尔后腿胶在一起做个撒欢的样子，让人心疼又欢喜。慢慢地，我发现它动不动就闭了眼睛打盹，精神一天不如一天了。

这天晚上，我又一次听到了鸲雀的怪叫声，又一次被这种带着血光刀片一样凌厉的叫声惊醒了。

我想，上次鸲雀的叫声如果是预示并应验了大奶奶孩子的死，那么这次它是奔谁而来的呢？是不是还有要死的孩子，会不会是自己，会不会是二狗、菊子或者向阳。

这只晦气的鸟儿，在崖头接连叫了好几个晚上。

大约又过了半个月，这天中午，天色有些阴沉，头顶的太阳像个假的，颜色有点儿发黄，照在地面上一点儿热度也没有，村子刮着一阵一阵的秋风，将庄稼秸秆、树叶子、鸡毛、烂塑料纸吹得到处都是。我和弟弟放学回来，发现驴驹子倒在了墙角，四蹄蜷缩着。我心内一惊，跑了上去，发现驴驹子闭着眼静静地睡着，伸手一推发现它的小身子已经僵硬，一点儿体温都没有了，难过得说不出一句话来。弟弟抱着驴驹子的脖子忍不住失声痛哭。母亲从沟里洗衣服上来，见此情景也流下了伤心的眼泪。我想将弟弟拉开，可他死死地抱着驴驹子的脖子不愿放手。母驴静静地卧在圈里头，不吃也不喝，目光呆呆的，像变了另一个模样。

晚上，父亲叫来了菊子爸和小叔，他们三个人一起抬着驴驹子，慢慢地出了凉风嘴，将小驴驹扔下了野狐沟的无底洞。菊子爸瘸着一只腿，与小叔用一根棍子抬着驴驹子，父亲神情黯然地走在后面，他们三个人谁也不说话。

多少年以后，我常常梦见驴驹子，修长的腰身，灰白色的毛，高高地扬起头，清秀的面孔，在村头的土路上撒着欢儿，在春天的山洼里快乐地奔跑。实际上，可怜的小驴驹，没有吃一口母驴的奶，没有见到春天，没有在田野里奔跑过一次，就永远地在墙角睡着了，就永远地离开了人世。

母驴好几天不吃不喝，眼里是无尽的哀伤与苦痛，它用沉默的方式表达它的哀痛，可是，我却恍惚听到了满世界此起彼伏的都是母驴悲愤的嘶鸣，这让我又一次想到了同样有失子之痛的老支书。在梦里，我看到了老支书与我家的母驴相拥而泣，他们相互安慰情同手足。他们都瘦成了一张纸，在无人的夜晚，我看到母驴驮着老支书，乘风悄然地飞上了天空，他们飞过四场坟，飞下紫金洼，飞过细柳河，飞过连绵的大山，消失在天边那无尽的黑暗中了。

经历过一次生育与失去孩子的痛苦后，母驴一下子老了，再也没有发过情，似乎对未来彻底地绝望了，整天无精打采的样子，日渐消瘦了下来。我看在眼里，疼在心上。

父亲情绪异常低沉，他对母亲幽幽地说："趁母驴还没有病倒前，把它卖了，再添点钱买一头牛吧！"父亲的话音刚落，全家人都陷入了巨大的沉默。天上繁星点点，月牙儿在乌云中时隐时现。我们一家人坐在黑暗中，谁也不说一句话。每一个人都希望母驴能好起来，恢复往日的精神头儿，可现实比冰窖还让人感到心寒。

父亲决定要卖驴的时候，我觉得母驴是不愿意离开我们家的，它的目光迷离又凄切，眼角永远有两行湿湿的泪痕。每每我们给它喂草的时候，它总是不住地用头蹭我们的胳膊，仿佛向我们在作最后的告别。临出门前，我抱着母驴的脖子哭了，母亲也暗暗地抹眼泪。我求父亲："爸，不卖驴行吗？爸，求你了，不要卖，他像咱家的一口人一样，它给咱们家辛苦了这么多年，你忘了，它还救过我们俩的命呢！"

弟弟也哭着不愿让父亲卖驴，他端着一筛子嫩苜蓿追出门想让母驴临走前再吃一口，可母驴一口都不愿吃。

父亲低着头，沉默不语，他的脸色异常难看。最后，他安慰我们："我拉出去散散心，不一定要卖，我也舍不得呢！"

驴在出门前，用嘴唇拱了拱我和弟弟的肩膀，乖乖地跟着父亲走了。晚上，父亲手中只拿着缰绳回来了。

我与弟弟又一次哭了，母驴不知道走向了谁家，走到了哪里。山路上还有母驴挂车驮麦时的蹄印儿呢，水沟泉边还有它拉的粪蛋儿呢！地里都有它流的汗水，草窑里还留有它周身的气味……怎么能说走就走了呢？

很多个夜晚，我总能听见母驴在院棚里伸长了脖子昂昂地嘶鸣。每次经过梨树湾，我总能想起母驴和菊子家的牛并排吃草的情景。站在崖头向凉风嘴头，我总能看到母驴顺从地跟在父亲的身后，不时地在山路上回头望我们家的那几眼窑洞，回望着它生活了四五年的这个家。它的眼角挂着两行湿湿的泪痕，我的心里头充满了无尽的哀伤……

我盼着有一天，在一个陌生的地头，或一个陌生的人家碰见它。我想等自己长大了，一定要把母驴重新买回家，不让它干一丁点儿活，我们兄弟俩给它养老送终。

弹簧刀

1

我确信，朋友张三说的那个叫黄平的人一定是我失踪多年的表哥。我的那个成了诗人的表哥，不，是著名诗人，参加过什么诗会的诗人，听说最近几年还获了不少的奖，在诗歌界快要走红了。

我不知道他来找我有什么事，我们几乎有十五六年没有见过面了。

记得那是 1992 年的时候，表哥黄平大学毕业不久，应聘在哈市报社做副刊编辑，而我则在建筑工地上干力气活。

当时，表哥有些不可救药，狂热地追求哈城护校毕业生、未来的白衣天使张晓燕。社会上传言张晓燕是黑社会头子李光头的最爱，谁也别想动她一指头，就算是走得太近也不行。

我提醒表哥："你真是糊涂，不要命啦！"

"我将在茫茫人海中寻访我唯一灵魂之伴侣，得之，我幸；不得，我命！"表哥有些之乎者也。

"张晓燕就是你的灵魂伴侣？"

"是的，我爱她！"

我噎得说不出话来。表哥看了看我，一副不屑的眼神。

　　说心里话，我从来没有因为表哥上了大学，就觉得他多么了不起。我想，将来有了儿子，初中毕业能认得钱会算账就心满意足了，还是早早地进城打工挣钱要紧，人活着没有钱哪能行呀！为了上大学，表哥将好好的一个家都快整烂包了。最让姑父头疼的是，表哥在大学里啥技术都没学上，却变成了什么狗屁诗人，以当代的徐志摩自居。校园里，常见表哥消瘦的身影。戴一副近视眼镜，头发梳得溜光，一脸忧国忧民的神情，有时也呆呆地仰望星空。

　　在我看来，世界上最能做诗的人，是我们村的春官王富贵。正月里耍社火，人山人海之中，王富贵羽扇一挥，锣鼓马上就会停下来，世界一片宁静，每个人都屏住呼吸、竖起双耳，接着那铿锵有力的诗句就会从王富贵的嘴里弹了出来。嗨，那才叫诗呢，悦耳又押韵，听得人从里到外热乎乎的。锣鼓声中，人群兴奋得像发生了海啸一样。就这样，王富贵从来没说他是个诗人，农闲时同大家一起，进城后照样在建筑工地上黑汗白雨地扛活。

　　表哥做编辑时，收到了张晓燕投来的一首小诗，经表哥修改后荣幸地变成了铅字。为了这首小诗，表哥一边想象着女诗人的美好形象，一边给她写了一封信。那封信除了高度评价诗人的诗作之外，从情意绵绵的言辞中完全看得出表哥内心的孤独，以及对红颜知己的饥渴程度。后来，张晓燕到报社来过一次，挺拔的个儿，高高的胸脯，圆圆脸庞，白皙的皮肤，清澈明亮的大眼睛，长长的秀发披在肩头，浑身上下散发着一股好闻的气味，十分符合甚至是大大超出了表哥对女诗人的想象。

　　表哥见了张晓燕，当时有些坐立不安，脸涨得通红，紧张得一句完整的话硬生生要分成几截才能说清楚。表哥对张晓燕的第一印象是哪里见过她的照片，可一时又想不起来。后来，他回到出租屋，看到床头那本徐志摩诗集，突然想了起来，张晓燕像林徽因："呀，太像了，太像了！"表哥情不自禁地喊出了声。随后，他照了照镜子，扶了扶眼镜腿，将了将头发丝，仔细地端详了一番，越发觉得自己像徐志摩了。

此后，表哥以编读往来的方式，向张晓燕传情送意，写了一封又一封柔情似水的情书。但张晓燕不热不冷，回信片言只语，像懒怠写字一样。表哥每收到她的信，内心春情激荡，时而把信贴在胸口，呼吸紧张，时而展开来细细端详那娟秀的字迹，脑海中的张晓燕便一派花香鸟语。表哥陷入情网不能自拔，一段时间神思恍惚，目光呆滞。

我看着干着急没办法。表哥与张晓燕很少约会，只是书信往来而已，这倒没多少人身危险。

表哥的出租屋在西河坝一处四合院里，房东叫王建国，肥头大耳，像一头直立行走的猪，小小的眼睛一直发着炎，红红的。他在马路边开着一家商店，商店门口摆着一张台球桌，经常可见三五个年轻人聚在一起哐啷哐啷地打台球。四合院共有四间房，南北朝向，表哥住在最南边的一间。自从他搬进来后，对面的房里也住进了一个名叫秀秀的女孩子，常常浓妆艳抹、昼伏夜出。另外两间房隔三差五地换人，表哥都不认识。

在情网中辛苦挣扎的表哥，除了上班，很少出门。适逢周末，他就躺在床上，变成一个小说家，一遍遍地构思他与张晓燕之间种种可能的浪漫故事。往往在这个时候，隔壁房子里会传来女人的尖声惊叫，像荡秋千荡到了高处般地惊栗，又像就要掉下悬崖手里头却抓着根稻草，伴随着尖叫声的是皮肉之间的撞击声，如惊涛拍岸，声音极为震撼，倏乎穿墙而过，让表哥那单薄的身体无法抵挡。

2

这天，我在王建国的商店里，碰上了黑社会头子李光头，李光头中等个，浓眉，三角眼，右嘴角有个伤疤，像烟头烫过的一样。他买了一盒白沙烟，扔给了王建国十元钱，王建国不敢收钱：

"你能到我这儿来，是看得起我，我还敢要你的钱！"他说着给李光头打开了一瓶啤酒。

李光头说："收下吧！我在外面打两把台球。"

"我这就给你摆！"王建国诚惶诚恐地收下了钱，屁颠屁颠地出门给李光头摆台球。

我看到李光头一边吞云吐雾，一边同一个流里流气的家伙喱唧喱唧。李光头击球的动作又狠又准，在俯下身子瞄准的时候，屁股后面露出了一把刀子，那是一把弹簧刀。虽然那刀子插在刀鞘里，但我分明感受到那刀子有些蠢蠢欲动，随时都会弹出来，一刀见血取人性命。

那一刻，我就担心表哥，害怕这时候张晓燕同表哥卿卿我我地散步出来。

初中时李光头就天天打架，似乎每天不打一架浑身就痒痒，完全是要做一个武林高手，打遍天下、一统哈城江湖的架势。他手里不是三节棍，就是一把带着红布穗子的飞镖，弹簧刀始终不离屁股。李光头的双唇间常叼着一颗烟，快吸完的时候就粘在下嘴皮上，然后猛地一吐，子弹一样射出老远，接着飞出去的是一口痰。有人说李光头走进人群里，人群哗地就散了，走在巷子里，狗也贴着墙根溜。但他给我的第一印象还是很斯文，有些礼貌，并不像传言那样可怕。

上初二时李光头着魔一般地迷上了张晓燕，武林高手瞬间变成了花痴。他发誓奋斗一辈子也要征服张晓燕。可张晓燕压根不把李光头放在眼里，理也不理李光头。当时，张晓燕刚刚从柳树镇来到哈城，虽是镇上来的，可气质相貌在哈城中学还是有鹤立鸡群之势，校花之殊荣非她莫属，招来很多羡慕妒忌恨。实际上，张晓燕本身就不太合群，上课也不回答问题，独来独往惯了。张晓燕的父亲张彦林，是柳树镇兽医站有名的兽医，经常走村串户，不是给牲口看病，就是给牲畜进行人工配种。十年前，他老婆跳进西河坝，至今死因不明。有人说张彦林在外面胡搞致使她精神分裂，还有的人说她患了夜游症，不小心游进了西河坝。

老婆死后，张彦林与十五岁的傻儿子罗罗过了半年，便瞄上了柳树镇的一枝花——寡妇胡翠梅。当时张晓燕才十二岁，父亲死于车祸。禁不住兽医张彦林的死缠烂打、威逼利诱，胡翠梅终于带着女儿张晓燕改嫁了，搬到了哈城居住，那是一套两居室的小房子，张彦林与胡翠梅住大卧室，张晓燕与罗罗住小卧室，中间拉了一道帘子。

虽然李光头无法无天，神通广大，但在张晓燕面前却武功尽失，像一个懦夫。他不敢直面表白，而是经常藏在张晓燕家小区大门外的树林带里，暗地里跟踪，完全不像一个武林高手的样子。

这年冬天，刚上高一的李光头终于鼓起了勇气，在张晓燕家单元门口拦住了张晓燕：

"张晓燕，我想和你好，我喜欢你！"当时，雪下得很大，李光头的话在风雪里十分响亮。

"一边去，让开！"

张晓燕瞪了李光头一眼，一句话也没有多说，拧身就往学校走。

李光头跑到前面，面向张晓燕，一边后退着，一边从屁股后面拿出了一把弹簧刀子。刀子闪着寒光："你答不答应，不答应我就死给你看！"

张晓燕什么也没有说，冷着脸继续迎着李光头的刀子前进，就像持刀子的李光头不存在一样。李光头先是一怔，怕伤着张晓燕便快速后退。

李光头边退边撸起袖子，在自己的左小臂上划了一刀，血很快就渗了出来，像一条蚯蚓蠕动。张晓燕仍然视而不见，不为所动，甚至一脸的轻蔑。李光头见状，又划了一刀，血流了出来，掉在了雪地上，生出几朵梅花来，分外刺目。当张晓燕快要碰上李光头的刀子时，李光头怕碰疼一样，突然就闪开了。望着张晓燕袅娜离去的背影，像只怪鸟惨叫了一声。

张晓燕的傻子哥哥罗罗在阳台上看到了这一切，嘿嘿嘿地笑了。

李光头得不到张晓燕，更不愿让别人得到张晓燕。他扬言，就是天王老子也不能动她一指头，他宁可看着张晓燕孤身一辈子！这样一来，张晓燕就更孤独了，没有人敢同她来往，尤其是男生，他们虽然心里头对张晓燕产生了莫大的同情，而且也想入非非，梦想当一位护花使者，可一想到李光头屁股后面的弹簧刀子，心里头便直冒寒气。

西河坝离护校不远处有一家老王炒货店，卖炒货的是一个中年男人，常穿一件破马夹，胡子拉碴，脸色像炒焦了的瓜子一样。每次张晓燕买炒瓜子时，他都会笑呵呵地多抓一把给她。有一次，他竟然趁周边无人抓住张晓燕的手，硬给她塞瓜子，急得张晓燕抽不出手来。几天后，炒货店就关了门，听人说，抓了张晓燕的那只黑手被一把弹簧刀子从手心穿过了手背。

3

春天刚刚来到哈城，空气中还带着些许寒意。蓝天下，小草们像情窦初开的少女，迫不及待地已钻出了地面。路边，楼后，郊外的田野里，远远的，一团又一团的绿雾，显得十分可爱。

表哥躺在出租房的床上，苦苦地思念白衣天使张晓燕。

表哥的脑海中徐徐出现了袅袅娜娜的张晓燕、瘦俏文静的张晓燕、略带羞涩的张晓燕，骑着一辆红色的 24 自行车款款地向他靠近。自行车的辐条闪着粼粼的光。三四月份是哈城的风季，风一起，天空暗下来，风里头夹杂着针尖一样的细沙，直往人身上钻。张晓燕穿着一件紫色套裙，舒展着柔软腰肢，迈动着修长的小腿，似乎让风纠缠得寸步难行，一会吹乱了她的头发，一会掀起了她的裙摆。

表哥的脑海里，张晓燕变成了一只小燕子，在风中起起落落，划着优美的弧线，时而侧翅，时而耸跃，时而俯冲，飞过了西河坝鳞次栉比的泥巴房。飞到了表哥头顶的时候，燕子双翅一收，小心地停在了屋檐上，动作轻盈灵动。表哥的心里头溢满了一池春水，脸上荡漾着幸福的笑容，他想起了一首唐诗：

娉娉袅袅十三余，豆蔻梢头二月初。
春风十里扬州路，卷上珠帘总不如。

这时候的表哥已经穿越到了过去，变成了唐朝那位叫杜牧的风流诗人。

窗户外有一棵桃树，春风里的桃树，有一点儿羞涩，吃的一声，一朵桃花开了，吃的一声，又一朵桃花开了，满树的桃花笑吟吟的。表哥觉得一朵朵的桃花，像张晓燕粉嘟嘟的脸，把天空都映红了。

"笃——笃笃——"

张晓燕来到表哥的出租屋前，她轻轻地敲一下，停半秒钟，又敲一下，然后退两步，扶着车子站在桃树下。

表哥听到敲门声，猛地翻身跳下床，他来不及整理床铺，来不及擦一下落满灰尘的桌子，跌跌撞撞地去开门。他将张晓燕让进门，在关门的瞬间，他看到对面出租房里秀秀的目光，那目光迷离而凄凉。同时也看到了另一间房子里王建国老婆的眼睛，那眼睛里充满了嘲讽与不屑。

　　张晓燕手里提着一小袋瓜子。一进门，房子里满是瓜子的香味儿。她在一张垫着报纸的小木凳子上坐下来，并拢着双腿，给了表哥一个笑："嗯，瓜子！"

　　表哥呆呆看她吃瓜子，她的吃法与众不同，只见她用大拇指和食指捏起一颗瓜子，小心地放在牙齿间，轻轻压开一条缝儿，然后剥出仁儿来……她的指甲好长，亮亮的，有着玉一般温润的光泽。表哥望着她，大脑一片空白。

　　"张嘴——"张晓燕撒着娇，眼里头有着让表哥难以承受的温柔。表哥听话地张开嘴巴，配合着张晓燕进行投篮练习。那一刻，表哥的舌头上刮着飕飕的凉风，一颗瓜子仁嚼了半天，也尝不出什么味道来。

　　"我给你背首诗吧！"表哥看到了床头的徐志摩诗集。

　　"嗯——"张晓燕又给了表哥一个妩媚的笑，她目光像火苗一样，亮了一下，接着又暗了下去。

> 轻轻的我走了
> 正如我轻轻的来
> 我轻轻的挥手
> 作别西边的云彩
> 那河畔的金柳
> 是夕阳中的新娘
> …………

　　表哥有些动情，有些伤感，这首诗曾无数次地打动过自己，却怎么也打动不了张晓燕。

　　房子里有些暗，表哥想拉开窗帘。窗帘是张晓燕在工人市场买的，五块钱一尺的碎花平布，一朵一朵粉色的花儿，被一条一条的绿丝藤搂着，煞是好看。每每看到窗帘，表哥就会想入非非：张晓燕慢慢地闭上眼睛，他小心地噙住她的唇，然后狂风暴雨，渐至惊涛拍岸。

"你知道吗？徐志摩与金庸是表兄弟呢！"

"哦，是嘛？"

看得出，张晓燕一点也不喜欢徐志摩。于是表哥讲起了金庸："飞雪连天射白鹿，笑书神侠倚碧鸳！"

表哥像回到了学生时代，恍惚中变成了令狐冲、郭靖、杨过……在众多武侠小说人物中，表哥最喜欢黄蓉，喜欢那个生了一对大门牙、眼睛里闪着狡黠、喜怒无常却绝顶聪明的姑娘。可眼前的张晓燕却像古墓派的小龙女，安静得让他不知该怎么做才好。

"我想去北京！"张晓燕幽幽地说，"离开这个地方，走得越远越好！"

表哥如梦方醒，终止了讲述，两个人沉默了起来，空气有些紧张。

"看看电视吧！"

电视上播放着《猫和老鼠》，张晓燕看得入迷，披在肩上的头发慢慢地垂过了右耳，表哥想替她捋一下，却不敢伸出手去。

有一段时间，表哥病了，有些萎靡不振。我想他迟早是会病的，会得相思病的，听说单相思很要命。表哥自认为读过不少的书，按理他是明白的，电视剧《红楼梦》中的贾瑞患了单相思，就死得很惨！我担心表哥蹈了贾瑞的覆辙。有一次，我们在一起吃饭，隔一会他就去一次卫生间，我没有想到他竟然得了尿频症，这让我很是费解。

后来，我想尿频有可能是相思病的前兆，或者就是相思病的一种临床表现，不过，我还是对表哥放心不下，我一再提醒他：

"张晓燕迟早是李光头的，你就别想了！"

"她能看得上李光头？"表哥一向对我的智商不屑。

"我是担心你，李光头惹不起！"

"什么也不能拆散我们的爱情，我愿意为她去死！"表哥信誓旦旦，话还没说完，又去了卫生间，淅淅漓漓地尿了几滴，抖了两下，便出来了。

4

好在没几天，表哥就没有时间相思了，更没有精力想象什么浪漫的故事了。哈城晚报的副刊取消了，变成了学生作文园地，报社领导让他去跑社会新闻。于是，表哥变成了记者，哪儿热闹往哪儿跑，哪儿危险往哪儿跑。哪里起了火灾，他比消防员还跑得快，哪里出现了车祸，他比警察还到得早。

大约有两个多月，我与表哥失去了联系，我担心他被黑社会李光头做了。我打电话到报社询问，报社的人说表哥随探矿队员深入戈壁采访去了。

经过两个月的蹲点采访，表哥终于回来了。路过王建国的商店时，表哥发现王建国在门口摆了个修理自行车的小摊儿。这头精明的猪，他让老婆守着商店，自己一会儿倒腾着补鞋，一会儿摆台球案，一会儿抱出电视弄露天卡拉 OK。有一次，我在西河坝路边还看到过他摆卦摊儿，戴着墨镜，人模狗样的，拉着一个女人的手，翻来覆去地看。

"西戈壁发现了大金矿？"他的眼睛眯成了一条缝。

"知道这事呢！"表哥有些疲惫，看来是采访采累了，要么就是让稿子搞乏了。其实，哈城发现特大金矿的新闻稿是表哥采写的，只不过看报的人从来不看记者的名字，就像看电影的人记不住导演的名字一样。

"听说来了好多大老板！"王建国咧开大嘴，露出两排黄牙，皮笑肉不笑的样子。

"你也知道，现在什么东西都开始涨价了……"他的眼里露出了狡黠的目光，"从这个月起，房租每月涨一百！"他终于亮出了底牌。

表哥愣了一下，无奈地支起自行车，慢慢地掏出了钱，数了数给了他。每月除了房租生活费用，剩不了多少，表哥内心顿时涌上一股悲凉。其实，他还没有我在建筑工地上挣得多。

"听说中央电视台都来人啦？"

"嗯！"表哥转身就走。王建国甩了甩钱，望着表哥的背影摇了摇头。

西戈壁确实发现了大金矿，表哥跟随探矿人员深入戈壁腹地，长达两个月之久。当初报社没有人愿意去，表哥作为资历较浅的记者，跑不了会议，又抓不到社会新闻，像个孤魂野鬼，只好自告奋勇。没想钓到了一条大新闻，很快就招来了全国许多媒体的目光，好多大企业也纷纷组团前来哈城考察。

回到屋子，睡了小半天，表哥听到秀秀在对面屋里尖叫了一声，紧接着王建国边系裤子边骂骂咧咧地就出了门，脸涨得通红。秀秀带着哭腔骂："狗娘养的，咋咬人呢？"

表哥听到秀秀的哭骂声，心里头一紧，猛然坐了起来。看王建国出了大门后，又慢慢地躺了下去。他心里想，这个畜牲不知咬了秀秀的哪个部位。

正在这时，隔壁的房子里传来了淫声浪语，很快就惊涛拍岸了，表哥一阵头晕目眩，浑身战栗了起来。

下午，张晓燕来了，轻盈得像一只小燕子，头发上是夏士莲洗发水的香味儿，一袭粉色的裙子，白凉鞋，带着夏天的一阵凉风来了。

"西戈壁真的发现了金矿？"张晓燕拿着表哥写的那篇报道。

"那还有假？"

表哥给张晓燕绘声绘色地讲，他如何深入戈壁腹地，如何住地窝子，如何抗风沙、耐酷暑，完全是一副英雄凯旋的感觉。表哥还讲了自治区的会议精神，同时展开了丰富的联想，把哈城的未来描绘成了北京上海一样："将来的哈城是二三百万人口的城市，要建大型冶炼厂，内地大型企业很快就会有大量资金投入的，要招大量的工人，哈城将寸土寸金……"

张晓燕一脸崇敬和向往的神情，听完表哥的讲述，半天没有说话。表哥有些得意，自己突然高大了起来，浑身充满了力量，他觉得自己和哈城的未来一片光明。

这时，表哥多么希望隔壁再能及时地响起淫声浪语、惊涛拍岸的声音。他相信，那种声音张晓燕也是抗拒不了的。表哥看了看窗帘，又看了看张晓燕，她似乎瘦了，眼圈有些暗灰，只是头发还是那么干净，一根一丝地垂了下来，有些楚楚动人。表哥的心里头此时已经发生了海啸，爆发了火山，刮起了飓风，他浑身一阵紧似一阵地战栗，他的头皮一阵一阵地发麻。表哥的目光落在了张晓燕的腿上，落在了她那些敏感的部位，他突然觉得房子里的空气瞬间就要爆炸了，而最先爆炸的可能是他的胸腔。

5

很快，表哥不再写诗，不再仰望星空了，更不再谈论徐志摩了，做一名记者要比当一名诗人更现实：

"这是一个饿死诗人的时代啊！"

表哥终于醒悟了。可是，他醒悟得还不够彻底，如果他能与张晓燕断了，这才是真正的醒悟和超脱。可他像一只迷途的羔羊，行走在一条荆棘丛生的小路上，不知走多长久才知道回头。

正当表哥因这条大新闻而春风得意的时候，李光头放出狠话，要卸掉表哥的一条胳膊。我急急地去找表哥，给他通风报信：

"李光头知道你和张晓燕好上了！"

"知道又能怎么样？现在是民主法治社会，恋爱自由！"表哥一副要给我讲大道理的样子，但看我呆头呆脑的样子，知道讲了也白讲，只好咽了口唾沫作罢。

"你得小心才是！好汉不吃眼前亏。"我看了看表哥的两条细细的胳膊，心想要是被李光头卸掉一条是个什么样子，肩膀下一条空空荡荡的袖子。

"我就不相信，他敢打记者！"我听得出，表哥有了靠山和底气。

表哥自认为他已经成了哈城名记，言下之意诗人打了就白打了，记者不一定，记者是有后台的。

那一段时间，表哥忙得不可开交，今天跟着领导，从这辆车换到那辆车，从这家矿山转到那家工厂，从这块葡萄园转到那片西瓜地……有时喝得头脸发红，晕乎乎的，仿佛真成了有后台的人，并信心满满地想到了买房、结婚、升迁……一想到这些事，他的耳边就自然而然地响起那摄人魂魄的声音。他突然明白，成功与快乐是联结在一起的。他只有取得更大的成功，才有可能打消张晓燕种种顾虑，打消长久以来远走高飞的念头。

这天，采访回来，表哥乘坐副市长的车经过西河坝，快到出租屋的那个路口时，他小声地说："师傅，我能不能在这儿下！我就住这儿！"

司机专注地望着前方，副市长及前排的办公室主任充耳未闻。表哥以为自己声音太小，不得不又重复了一遍。司机听后猛地踩了一脚油门，冲过了路口，一直向市政府大院开去。表哥觉得脸上挨了重重的一巴掌，火辣辣地疼，他的耳朵瞬间什么也听不见了，外面的楼宇与树林带在眼前快镜头一样，哗哗哗地晃过，脑子里像钻了一窝蜂，世界突然间变得混乱了起来。

到市政府大院后，副市长与办公室主任下了车，一前一后进了办公楼，这时，司机黑着脸转过了头：

"懂不懂规矩你？啊？一个小记者，懂不懂规矩！把领导没有送到，你先下车，天底下哪有这样的道理？"

司机五大三粗，脸上有块紫色的胎记，像《水浒》里的青面兽杨志。表哥又羞又愧，噎得一句话也说不出来，浑身一瞬间出了许多汗，他急急地推门下车，像一个被追逃的小偷。

"以后长点记性！"司机调转车头，又将头伸出窗口吼了一句。

表哥的腿像灌了铅，他慢慢地走在西河坝的路上，嗓子有些干涩，一句话也说不出来，周围的楼群似乎都倾斜着，要倒塌一样。他不知自己是怎样回到出租屋的，这一巴掌让他清醒地意识到，他没有后台，他只是一个临时工，随时都有被辞掉的可能性。那一刻，他又一次想做诗，激愤无比的诗情在胸中沸腾着，可一句也写不出来。

夏天将近的时候，张晓燕又一次来看表哥，长发及腰，身上还是好闻的夏士莲香波。

"你瘦了！"她关切地问，"是不是病了？"

"没有！"表哥拍了拍胸脯，"结实着呢！"

"我们晚上去夜市吧！"

"好！"表哥一点也没有犹豫，他真是糊涂，在大庭广众之下，敢同李光头的最爱推杯换盏。

他们俩坐在夜市上。

"二十串烤肉，一盘皮辣红，一盘老醋花生，一盘土豆丝，两瓶啤酒，一杯卡瓦斯！"表哥叫菜好有气势，有大款的派头。夜市上熙熙攘攘，人来人往，烟火味，啤酒味，烤肉的焦煳味，喧闹而充满生机。

张晓燕用卫生纸擦了擦烤肉钎子头上的灰："给——"有些撒娇的样子。

"你先吃吧！"表哥喝了一大口啤酒，再一次偷眼这纷乱的人流，到处明灭的霓虹灯，此起彼伏的叫卖声，不远处有露天卡拉 OK：

　　我的思念＼是不可触摸的网＼我的思念＼不再是决堤的海＼为什么总在＼那些飘雨的日子＼深深地把你想起……

　　一对男女撑着破锣嗓子，使劲地跑着调儿。的确，比张晓燕差太多了。张晓燕从小喜欢唱歌，理想是长大了当一个歌星，她有一个小本子，上面抄了好多的歌词，最多的要数邓丽君和蔡琴的歌，她那首变成铅字的诗完全是摘抄歌词的副产品，此后再也没有写出第二首来。张晓燕一直梦想着到北京上海这样的大城市去，梦想有朝一日走上舞台，走上电视银屏，她一点儿也不喜欢白衣天使这个职业。刚认识张晓燕的那段时间，表哥不知如何帮助张晓燕，他唯一能做的就是醉心倾听张晓燕一遍遍地唱《甜蜜蜜》或《恰似你的温柔》。

　　这时，表哥突然想听张晓燕唱一首，最近他特喜欢姜育恒的歌，尤其是那首《远航》：

　　有没有不想回家的水手＼有没有不准停留的港口＼有没有人告诉过你＼这条回去的路不好走＼有没有迎接你的双手＼有没有久别重逢的眼目＼有没有人告诉过你＼漂泊的岁月你拥有多久＼是不是太多的朋友在你的眼中＼让你不敢随时地回头＼在风雨来兮的日子里＼你用什么样的心情去懂……

　　张晓燕发现表哥在愣神："想什么呢？快吃，都凉了！"
　　听到张晓燕问他，表哥尴尬地笑了笑："没，没想什么！"

一轮明月升了起来，夜空显得更加宁静，与地上的嘈杂与烦乱形成了鲜明的对比。这时，表哥不由得想起苏东坡的那首词《水调歌头》：

> 明月几时有，把酒问青天。
> 不知天上宫阙，今夕是何年？
> 我欲乘风归去，又恐琼楼玉宇，
> 高处不胜寒。
> …………
> 但愿人长久，千里共婵娟。

当表哥喝完第二杯啤酒的时候，他的臆想终止了。灯光下，他看到了李光头。李光头留着一撮小胡子，穿着背心，臂膀上的肌肉鼓动着，左臂上文着一条青龙，笑嘻嘻地走了过来！后面跟着两个小混混。接着，表哥看到那条青龙在半空中飞舞了起来。

当啤酒瓶在表哥的头上破碎时，他没有来得及叫一声，就倒在了桌子下面。表哥倒下的瞬间，张晓燕喊了一声："黄平，黄平——"她惊慌得五官都变了形。表哥头上的血蚯蚓一样蜿蜒了下来，流到地上。后来张晓燕抱着他哭喊的时候，表哥恍惚看到，那条蚯蚓从地上爬到了张晓燕的脚前，慢慢地爬上她白皙的露着青筋的脚面，顺着她丰腴美妙的小腿，无声无息，无声无息地爬了上去……

6

现实又一次教育了表哥。当我看到表哥头上缠着纱布，一个人寂寞地躺在床上时，产生了从未有过的怜悯。

"还是跟张晓燕断了吧！"我对表哥说。

其实，我心里想说女人是祸水这句话的，要不是张晓燕，表哥能成这样？姑父姑母要是知道儿子受了这么大的伤害，会心疼死的。表哥从小到大学习好，很受家人、亲戚、朋友、同学、老师的宠爱，何时受过这等委屈。以前，在家里连一把农活都不干，用养尊处优来形容一点也不为过。现在这一切伤痛不就是张晓燕带来的吗？值得庆幸的是，李光头只是敲打了一下表哥的头脑，并没实施卸掉一条胳膊的恐怖计划。我想表哥的头脑挨了一酒瓶一定能醒悟一些事的，这是血的教训。

"你不懂！世上哪有一帆风顺的爱情！"表哥闭着眼睛，懒得看我一眼。

我不好再劝他，给他打来了洗脚水，认真地给他洗了脚，看着他吃了饭，睡安稳后才离开。

我想去找张晓燕这个狐狸精，去给她说一声，也算是警告，让她以后别打扰表哥，我们兄弟进城来谋生不容易。可我又担心被李光头看见，如果因此卸掉我的一条胳膊怎么办，那样的话，我的一生就彻底毁了。我爸妈刚刚托媒人给我说了一个对象，虽说长相一般，如果知道我变成了残疾，说什么都不会跟我的，那样的话我这辈子就要打光棍了，就可能永远也尝不上老婆的滋味了。

据我观察，那件事后，张晓燕好长时间没有同表哥约会，而李光头呢，也是消失得无影无踪，只是哈城还流传着他再次出手的新闻。

"李光头高二时，因为打伤了人，被关了进去。"

"听人说他在里面碰上了一位武功高强的狱友，学到了铁砂掌。"

"那天晚上李光头一掌下去，那个记者脑浆就喷了出来……"

"哇——李光头越发地狠了，那天光酒瓶子砸碎了十几个，一地碎玻璃一地鲜血，夜市上乱作一团，人人望风而逃，摊也不要了……"

"李光头的老子是畜牧局局长李富海，买通了公安，让儿子逍遥法外……"

"那个记者就是一个书呆子，就算碰莱温斯基，也不能碰李光头的马子呀……"

当时，大街小巷到处都能听到关于李光头再次出手的流言。

虽然表哥与张晓燕好长时间没有约会，但表哥却一直对她念念不忘，他不止一次地梦到张晓燕变成了一只燕子，要远走高飞。

"我要离开，去北京！"

"我要离开，去北京！"

对表哥这副不见棺材不落泪的德性，我气得不知说什么好，也许再让李光头卸掉一条胳膊就灵醒了！

恐怖的夏天终于过去了。很快，哈城的秋天来了，到处一片肃杀和萧瑟的景象。这简直是表哥一个人的秋天。他茫然地走在西河坝的路上，拥挤的人流中，没有一个他认识的人，没有一个人能叫得上他的名字。这时，他胸中又有了诗意，他开始像诗人那样思念老家，把老家称为故乡，他想到了父母、庄稼、土地、农具……表哥胸内诗情激荡，可笔下还是一句诗也写不出来。

以前表哥常常仰头看天，现在大多数时间低头看地。在我看来，这就是一种进步，毕竟我们行走在大地上，怎么能不留心大地呢！我这样想的时候，突然惊了一跳，觉得自己受了表哥的传染，也有点诗人的感觉了。

这天饭后，表哥正准备午休，突然，听到了敲门声。他下意识地想到了张晓燕："是晓燕吗，我知道你会来的！"

没想打开门，却发现是对门的秀秀。

自打搬进这间出租屋后，他几乎与秀秀没有说过一句话，也不相信秀秀是干那种事的人，但从秀秀的衣着打扮，从王建国老婆神神秘秘的眼神中，以及一些陌生男人兴奋或疲惫的面孔中，表哥不得不相信这一事实。可就算是这样，秀秀也从来没有像隔壁的那些女人尖叫过一声，她似乎想刻意地忍住不让表哥听见。

秀秀穿一身粉色的碎花睡衣，头发松松地绾在脑后，脸色苍白，眼睛有一点儿浮肿："您能帮我买点感冒药吗？"一阵秋风从房顶上吹了下来，秀秀拉紧睡衣领子，弯下腰一阵咳嗽，表哥看她浑身颤抖，苍白的脸上泛起了血色。他想伸出手来，给她拍拍背，但终于没有去做。对面的屋檐上有一只燕子，望着他们叫了两声，然后飞走了。

"你，病了？这么严重，快回房去！别再着了凉！"

"给，给你钱，钱！"

"要不要请马路对面的胡大夫，或送你去医院？"

秀秀又咳了两声，摇了摇头。

表哥买了药回来，烧了开水，让秀秀服下了药。又在自己的房间下了一碗面条，给秀秀端了过去。他扶起秀秀，在她的身后垫了枕头，那枕头太矮，他想也没想就把自己的枕头拿了过来，垫在了她的身后。秀秀望着他，泪眼婆娑，一句话也说不出来。秀秀将一碗面条全吃完了，额头上隐隐有了汗珠，表哥扶她躺了下来，很快她就睡着了。秀秀的房子里除了一个衣柜、一张大床外，几乎什么也没有。表哥又帮她收拾了一下房子，倒了垃圾。他只做了这些，在做这些的时候，他很轻松，也有莫名的兴奋，他突然想到了一句诗：同是天涯沦落人……

"小黄，小黄！"秀秀在喊。

"水，水——"表哥端来一杯水，扶起秀秀，吹了吹，让她喝了下去。秀秀的身体好软，头发上有一种玫瑰花的香味；她的胳膊好细，轻轻一扶像要断了一样。

"扶我方便一下——"表哥将秀秀扶到了卫生间，他关了门，靠在门框上，他听得卫生间清冷冷地响，表哥心跳得厉害。

扶秀秀上床的时候，秀秀抱住表哥，有气无力地说："谢谢你!"秀秀将头贴在表哥的胸脯上，表哥感到她的头很烫。

天黑了下来，秀秀的烧还没有退。这时，表哥又一次听到了敲门声，笃——笃笃——

是张晓燕，她正在敲表哥的门，没想转身却发现表哥从秀秀的房间出来了。

"秀秀——病了，我给买了点药!"

张晓燕知道秀秀是做什么的，有些好奇，就走到门口，借着幽暗的灯光，向里望了一眼，发现了秀秀床上表哥的枕头，脸色瞬间就变了，她拨开表哥，拔腿就走。

"她发高烧，你听我解释，晓燕……"表哥的话还没有说完，张晓燕眼里头突然涌出了泪花，扭头就走了。

"晓燕，晓燕——"

7

表哥当时欲哭无泪，他喊了几声晓燕，可这只绝情的燕子还是飞出了他的视线。表哥无力去追，他决定亲自找张晓燕解释一下，他要证明自己的清白，证明自己没有移情别恋，哪怕是当着李光头的面，他也要说出自己的心里话。

我不知用什么样的语言来形容我的心情。我想劝表哥，趁此机会，与张晓燕一刀两断，将来过太平日子，不要总担心受怕的。可表哥痴心不改，还要找张晓燕去解释，有什么好解释的呀! 有些事越描越黑，不说还明白，越说越糊涂。

正当表哥执意要找张晓燕的时候，曾经名震全国的特大新闻，哈城发现大型金矿的消息变成了谎言。地矿局局长出面辟谣："只发现了矿脉，分布较长，但具体到开发，还需要论证、继续勘探……"表哥不相信这是真的，他的世界突然间变得陌生了起来。

那一刻，哈城的每一个人都在叹气，很多人向报纸、向表哥写的那篇报道吐口水，向他的名字吐口水，骗子，骗子！骂声四起，恶毒至极，直指表哥的八辈祖宗。以前大家的注意力在新闻内容上，现在的注意力全集中在记者的身上。

表哥抬头看了看灰蒙蒙的天空，半空中飞旋着枯叶、杂草、鸟的羽毛，像无处不在的叫骂声。很多人的发财梦破灭了，为了等待金矿的开发，有些人提前投资置业，买车买房，有些人到处托关系，准备承包工程，有些人开始投资矿山设备经营……可这一切都成了噩梦与闹剧。

表哥成了这件事的罪魁祸首，他是最大的撒谎者，这让他哭笑不得，无地自容。有些官员甚至骂："都是那个记者胡写乱写！"因为表哥，连累报社领导也受到了批评。

"你是我们有实力的记者，社会新闻是大家喜欢看的，你还是去抓社会新闻吧！"社长找他谈话，无比和蔼地说。

"这个稿子质量不高，再改改！"总编说，"已经失去新闻意义了，再跑跑……"

同事们都在躲避着他，以前他见了领导都要抬头问好，现在只能低着头走路，生怕领导认出了他。他能感受得到，全世界的人都在用不屑的目光打量着他，在他的背后指指点点。很快，表哥就尝到了一个人被孤立的感受，他更加沉默了，他甚至还连门都不愿出了，他生怕有更多的人认出他来，指责他，唾骂他，找他的麻烦。摆在他面前的唯一一条路就是辞职。他虽然有些不甘心，可最终还是选择了离开，无声无息地离开。

这期间，张晓燕给表哥打过个安慰电话："不要怕，他们都想把责任推到你的身上，这世道太黑暗了，都讲不讲良心啊……"

表哥听了，泪水肆流，哽咽着说不出一句话来。

表哥说："晓燕，谢谢你，那次我真的……"

　　表哥的话还没说完，就被张晓燕打断了："不说了，我相信你！"

　　他们之间好像再没有什么可说的话了，又好像有好多的话，却都不知如何去说。

　　张晓燕实习期满，去了几家医院，管人事的知道他是李光头的人，担心惹出麻烦，找种种理由推辞了；她去几家宾馆应聘服务员，宾馆老板面试后先是笑脸相迎，等了解到情况后，只好婉言劝退。

　　这天，表哥去了张晓燕家所在的小区。他很久都没有见到张晓燕了，他走遍了哈城所有能想到的地方都没有找到她。他感到纳闷，是不是她真的去了北京。他想象着自己走进张晓燕的家，他可能会被张晓燕的兽医继父、她的傻子哥哥、做小区保洁的母亲赶出门的。

　　是的，自己能带给他们什么呢？是金钱还是权力，是幸福还是快乐？统统不是，他只能带给他们麻烦。再说，张晓燕是何等的聪明，总不至于嫁给一个没有多少用处的穷光蛋，总不至于与黑社会李光头对抗一辈子吧！表哥虽然想明白了一些事，可他控制不住自己的脚步，他想再见张晓燕一面，哪怕见了面什么也不说。他现在总算明白，张晓燕为什么老想远走高飞，老想去北京上海，难道就为了圆她的明星梦吗？不——表哥想到这儿一阵心酸。

　　小区院子中有一围花，那么多种类的花儿，每一株他都叫不上名字。那些花在风中颤抖着，有些寒碜，忧愁而恐惧，确是这样的。在风中，大地上布满了忧愁和恐惧。

　　"阿姨，你知道张晓燕吗？大眼睛、长头发的女孩！"表哥问一个正在扫院子的物业保洁员。

　　"你是？"她抬起头，握着扫把诧异地问。

　　"我是她的一个朋友，原来在报社，现在兴隆铁矿上班。"

"晓燕不在！你们都别打扰我们了！让我们过几天安静的日子吧，求你们了！"胡翠梅一脸沧桑，眼里头充满了怨恨，眼球上布满了红血丝，她的脸上有许多雀斑，但这也不难看出，她年轻时一定是一个美人儿。

表哥的脑袋嗡——了一声，他后退了两步，没想到碰上了张晓燕的母亲。他还想对她说些什么，表白一些内心的真实想法，比如张晓燕过得好不好，就想见她一面，说句话告个别，宣布分手之类的话。但他看到胡翠梅憔悴的脸庞，泪影闪闪的眼睛，就把那些话咽了下去，然后慢慢地转身，在风中像一片落叶一般飘出了小区大门。

他一个人往回走，他觉得自己的心死了。又一阵秋风吹过，马路两边落下了好多的树叶，他知道，这些树叶很快就会化成泥，然后从大地上消失。

8

有一段时间，哈城的医疗广告铺天盖地，布满了大街小巷的公厕和报纸电视，尤其是在电视上，那阵势完全是广告里插播电视剧了。最多的广告要数无痛人流和生殖整形。这让我感到世界上到处是不负责任的男人，以及不要脸的女人。有一天，我意外地发现，张晓燕上了电视，我以为自己眼花了，恨不得钻进电视看个清楚，没错，是张晓燕！她穿着一件白大褂，戴着护士帽，成了仁济妇科医院里的一名护士，正在接受采访。当时我脑子已经蒙了，采访的内容一句也没有记下。但电视上的张晓燕美丽的形象，一下子就铭刻在脑海中了。的确，白衣天使楚楚动人，比现实生活中好看多了。

我怕自己认错人，便抽空到仁济妇科医院去了一趟，医院来看病的人真多，摩肩接踵，挤得水泄不通。虽说是妇科医院，但来看病的男人似乎比女人还多。挂号大厅里，电视上不停地在滚动着张晓燕的那个广告，大厅里人太多，根本听不清电视上都说些什么。除了电视，我还看到了大厅的墙上贴了好多的广告张贴画，其中一张画面上立着一只剥开皮的香蕉，旁边的广告词赫然醒目："别让它把精彩世界遮住了！"下面有一行字：微创精致包皮环切手术，只需十几分钟，像睡个短短午觉……看完后忍不住在大厅哈哈大笑了起来，笑得有些上气不接下气，大厅里一些人纷纷回过头来观望，都以为这里来了一个神经病。

正在这时，一个保安模样的人过来了："出去，捣什么乱……"硬是把我驱逐了出去。走出医院大门，到了街上，惯性似的我还在笑。这时我才想起来医院的目的，就停止了笑。

我必须将这一重大情报说给表哥，我甚至有些迫不及待。

"表哥，最近你看到张晓燕了没？"我找到表哥后气喘吁吁地说。

"没有，我们分了！"表哥说。

"张晓燕上电视了！"我故作神秘。

"真的，是在唱歌吗？"表哥像从睡梦中惊醒了过来，我的消息让他一点思想准备都没有，"她的条件，迟早是能当歌星的！"

我看表哥那惊喜的样子，就知他说分了的话是骗我。

"不是在唱歌，是在医院！"

"哪个医院，做什么？"

"仁济妇科医院，专业割包皮的！"我一说，忍不住又笑了起来。

"什么？有什么好笑的！"表哥一脸愤怒，同时觉得我不可理喻，少见多怪。

我见表哥生了气，不敢多笑。表哥的脸涨得通红："她干什么事，与我已经没关系了！"

我知道表哥是在说气话，这时候他的心不是在流血，就是冷得缩成一团。

等我再次见到表哥的时候，他批评我："看你那个猥琐样，尽胡说，晓燕在人民医院呢，成了正式的护士，前几天我还在门诊上看见她给病人抽血呢！"

我吐了吐舌头，不敢再说什么，表哥一定是去了仁济医院，进行了核实，不但看了电视上的广告，而且还找到了张晓燕进行了对证。那天中午我再次去仁济医院时，不见张晓燕的那个广告了，换成了另外一个护士，感觉医院的生意萧条了许多，好像许多男人都睡午觉了。

那天中午，除了我，至少有四个男人没有睡午觉。一个是市畜牧局的局长、李光头的父亲李富海，听说在竞争副市长；另一个是张晓燕的父亲，柳树镇兽医站的站长张彦林，他已经被李富海提拔了副科长，随时要回到局机关上班。还有两个人就是李光头和我的表哥黄平。

李富海与张彦林一起讨论李光头的终身大事，这件事在我看来也关系到哈城的治安形势，只要张晓燕嫁给李光头，这世界就太平了，你好我好大家好，就像一句广告词，大家好才是真的好。

"李局长放心，李局长您放一百个心，我们攀还攀不上呢！"张彦林点头哈腰地对李富海说，"不过，这女子从小就倔得很，我们得慢慢做她的工作，慢慢做……"

"我不是托市医院王院长给解决了工作吗？当护士也不错嘛！以后还有更好的机会……"李富海说着给张彦林递了一颗烟。张彦林慌忙伸出手接了过来。

"李局长说得是，说得是！"张彦林脸上堆着笑，掏出打火机哈着腰先给李富海点上了烟。

李光头西装革履，在会客室里，一边听着父亲对张彦林施加压力，一边焦急地搓着双手，手腕上隐约还露出了青龙的尾巴，那条尾巴也有些焦躁不安。

这天中午，表哥正在给兴隆矿的张书记写发言稿。

表哥整日趴在讲话稿、经验交流、先进事迹、五年规划、愿景目标、企业文化等一大堆材料里，甚至连计划生育的材料也要写。

那天中午之后没多长时间，兴隆铁矿宣布破产了。听说最主要的原因是董事长包养情妇，我没想包养情妇能把一个企业包破产，我想到了张晓燕，这再一次印证了一句古话：女人是祸水！

这天，我路过表哥的单位，忍不住进去看看。听说表哥还留守在公司，配合工作组在搞清算，他盼着企业重组后能继续趴在桌上写材料。办公楼的墙壁斑斑驳驳，掉了好多墙皮，有几只泄愤的脚印，有一行辱骂书记的话，以及很多不堪入目的图画，我怀疑自己走进了公厕。大厅里，"重点保护企业""文明单位""纳税先进单位""模范职工之家"等各种荣誉铜牌，落了厚厚的一层灰尘。

表哥又一次失业了，他本想再继续写下去，他已经积累了很多的经验，他有信心写得更好，可企业不需要他了，他觉得整个世界不需要他了。

在我看来，表哥是因祸得福，如果再这样下去，他一定会吐血而亡，死在一堆稿纸旁的。

9

一场又一场的秋风，像一场接一场的变故。

失业后的表哥苦闷极了，他一个人沿着西河坝来来回回地走，像在思考一个天大的命题一样。

"表哥，还是到建筑工地上一起干吧！如果好的话，过一两年我们自己包工程干，你当经理，我当副经理。"我说。

表哥仰头看了一下天空，长长地叹了一口气，接着摇了摇头，轻轻地叹了一口气说："我还是要回到诗歌的怀中！"

看得出，表哥不屑与我为伍，我知道他高我一等，从小到大都这样。在我看来，饿死事大，失德事小，况且这又不是什么失德的事，都到这个时候了，还讲究啥呢！

哈城就是一个保垒，每一个岗位上都有了人，守卫森严，铁桶一样，很难攻破。失业后的表哥，去多家企业应聘，甚至背着我还去了一家酒店应聘服务员，但均被拒绝了。我给我的老板说，冬天我和表哥不回家，给他看工地，老板爽快地答应了。可表哥听了，有些不高兴似的，仍然不愿意来我们建筑工地。他整天埋头写诗，变得蓬头垢面，但他的出租屋里多出许多散发着油墨清香的诗歌杂志，我在那些杂志上发现了表哥的名字。

有一阵子，表哥产生了一个强烈的念头，那就是与张晓燕一起去北京，表哥为自己这个想法而感到兴奋，这个想法中隐含着一个词，那就是私奔，这是一个多么美好的词呀，浪漫得让人心碎，让人战栗。

正当表哥沉溺在这个美好的词汇中而不能自拔的时候，张晓燕在医院听到了一些风言风语，她知道了自己换工作是李富海帮的忙，毅然决然地辞掉了工作。

李富海得知张晓燕辞职后，气得脸色铁青："你的工作是怎么做的！啊——这么个破事都做不好，你还能做啥，这就是你对我的报答！啊？"

张彦林牛一样的身子在猴子一样的李富海面前，吓得发抖，头都不敢抬："我，我，我也没办法啊！李局长！毕竟不是我亲生的，不是我亲生的嘛，我把胡翠梅还揍了几次，她也管不了呀，你们这么好的条件……"

李富海气得使劲地拍了一下桌子，张彦林哆嗦了一下。

"我，我回去，胡翠梅做不好工作，我就把她腿打断……"

"你看着办吧!"李富海望着张彦林退出了办公室,点燃了一支烟。

哈城的冬天很快就来了,寒风从群山四周之上漫过来,推着铅色的乌云,一直涌向哈城的土城墙上,最后簇拥在一起,像一个巨大的拳头砸在了西河坝上。那些四分五裂的左公柳,尽现老态,被秋风扫落的柳叶干结在河堤上,蚀化为泥。

清早,表哥走在西河坝的马路上,他想去找张晓燕,告诉她他的想法。远远地过来了一个女孩,骑着自行车,红色的滑雪服,像一团火,长长的头发披在肩上。表哥放慢了脚步,恍惚觉得那是张晓燕。一转眼,那一团火就消失了,像一个梦,一个错觉。他摇了摇头,慢下了步子,继续向前走。

四周的空气清新极了,表哥却感到心里头有什么堵着。他的呼吸有些不太顺畅。是什么堵着呢,他又说不清。他张了张嘴,想喊一声,想大喊一声:"晓燕,我们一起走吧,去北京去上海!"还没有张开口,就觉得那个声音僵在了半空中,接着就掉进西河坝的泥水中了。

经过大十字时,迎面过来了一个穿了火红毛领套裙的女子,也像一团火,表哥看到了她湿漉漉的烫发,以及婀娜多褶的裙摆,黑色的高腰长靴,细细的腿,薄薄的肉色丝袜,他恍惚又看到了张晓燕。瞬间,他觉得满世界都是张晓燕的身影,每一个张晓燕都是那么陌生。他想大声地喊,在大街上大喊一声:张晓燕!他相信,万千张晓燕里,肯定有一个认识他的,肯定有一个回过头给他微笑,总有一个突然间转过身向他跑来,总有一个会惊喜地喊他的名字。

表哥终是没有喊出口,生活已经让他习惯了压抑,习惯把刀尖对准自己的心窝,习惯用沉默来回答对这个世界的疑问。

表哥继续向前走,路过一家牛羊肉店,肉店门口砧墩旁放着几根硕大的牛骨头。老板是一个满脸络腮胡子的老男人,他顺手拿起一根骨头放在砧墩上，用一柄利斧砍。一下、两下，表哥听到了利刃与骨头之间的脆响，有一些惊心与恐惧，他的步子开始有些零乱。

看到这柄斧头，表哥不由得想到了黑社会李光头，一想到李光头，他的心就会紧一下，脑后就有冷风嗖嗖。

10

雪很快就落了下来。

大雪中，张晓燕的继父张彦林，手里提着一瓶酒，摇摇晃晃地向前走，他的右边是老婆胡翠梅，身后是他的傻儿子罗罗。

"爸，我要媳妇呢，我想……把晓燕给我吧！"罗罗的鼻涕流下来，用拳头揉了一下，"我喜欢晓燕！"

张彦林仰起头又喝了一口酒，摇摇晃晃地喊："李富海的儿子有什么不好！啊！有什么不好？为什么不同意，不同意呢？"身边的胡翠梅有些扶不住胖大流星的张彦林，着急地喊："罗罗，罗罗，来帮着扶一下你爸，扶一下你爸！"可罗罗却嘻嘻哈哈地笑，无动于衷的样子："你们不把晓燕给我当媳妇，我就不扶！"

胡翠梅听了，气得脸色铁青，使了浑身的力气扶张彦林。

"李富海的儿子有什么不好！啊！有什么不好？为什么不同意，不同意呢？这事成不了，我就调不回来！"李彦林又喝了一口酒，"谁把你养大的，啊，谁把你养大的？我不信就管不住你……"

"慢慢来，娃娃不懂事，你也不懂事？回吧！"胡翠梅一旁劝道。

"我还想调回来，调到局里呢！那科长的位子给我留下的……"张彦林仰起脖子又喝了一口。

"晓燕不喜欢李光头，李光头是黑社会，我们俩结了婚，咱家就不用再买房了！妈——"罗罗跟在后面说。

　　胡翠梅的心像被重重地击了一拳，一阵冷风裹着一团雪就扑在了她的脸上。

　　实际上，张晓燕越是拒绝，李光头越是不愿放手，他威胁利诱，暗地里使用了种种手段，但张晓燕还是那句话："你下辈子也别想，你敢动我一指头，我就死给你看！"

　　无法无天的李光头，一听到张晓燕要死，连连后退："晓燕，我会对你好的，你要什么我给你什么！"他顿了一下又说，"你跟那个白痴有什么好结果？他能给你什么？"

　　"你就死了这条心吧，你要是敢伤害他……"

　　"我，我可不愿意再招惹他，你放心，你放心……"

　　李光头没有办法，只能求助于他的父亲李富海，只有李富海继续给张彦林施加压力，张彦林给胡翠梅施压，才有可能让张晓燕回心转意。他相信，他在背后操作，表哥就很难找上工作，找不上工作的表哥，很快就会离开哈城。这样，过不了多长时间，张晓燕就会无怨无悔地扑进他的怀抱。

　　李富海表面严肃，但看到儿子为了张晓燕一副要死要活的样子，不得不给张彦林一再施加压力。这天，张彦林一家人接受了李富海的邀请，他们走进了哈城最豪华的酒店——豪富大酒店。

　　李光头一遍遍地给张彦林敬酒："张叔，胡姨，我一定好好待晓燕，你们放心！"

　　"以后不要再跟那些不三不四的人混了！"胡翠梅冷不丁来了一句。

　　"早不来往了，那时候不懂事！"李光头涎着脸说。

　　"刚刚（李光头的小名）的运输公司，过完年还要进五辆车，拉铁精粉这两年还是很挣钱的！"李富海接过话头，"晓燕咋还没来呢？工作做到位了？"

　　"说好了，做了好些天的工作，她答应见一面，一会就过来！"胡翠梅说。

李光头听后心花怒放："在哪儿？要不我开车去接吧，这么大的雪！"

"不用了，不用了！"胡翠梅说。

"你看看，你看看，人家李局长家，什么配不上她！"张彦林对胡翠梅说。胡翠梅低着头，显得很是为难。

"放心吧，李局长，她答应来就一定会来的！"张彦林说。

外面的雪大了起来，桌前的菜都有些凉了，他们等了一个多小时。"不等了，我们先开始吧！开始吧！"傻子罗罗早就坐不住了，抓了一块红烧羊排就往嘴里塞。

李局长慢慢地端起了酒杯，儿子李光头端起了酒杯，张彦林、胡翠梅也端起了酒杯，只有傻子罗罗还一个劲地吃肉，腮帮子鼓鼓的。

"不会不来了吧！"李光头疑惑地看了李富海一眼。

这时傻子罗罗又说："你们谁都不要打晓燕的主意，晓燕就要给我当媳妇！"

张彦林刚要给李局长敬酒，胡翠梅还没来得及把五千块彩礼装进口袋，就看到李富海与李光头一脸不悦。

"胡说，肉也堵不住你的嘴！"张彦林气得瞪了罗罗一眼，"罗罗从小就脑子不正常，你们不要相信他的话！"

"我要媳妇，就要晓燕给我当媳妇！"罗罗放下筷子，一本正经地说，那样子张彦林不答应，他就不吃饭了。

胡翠梅慌得不知该如何是好，李富海与李光头的脸色异常难看。正在这时，张晓燕来了，李光头大喜，招呼张晓燕坐。又让服务员倒茶，让把菜赶紧再热一热。

罗罗起身，把手中吃剩的羊排往张晓燕手中塞："晓燕，你吃！"

张晓燕扫了一眼李富海与李光头说："我答应我妈要来，我就会来，但我来并不代表我同意什么，我想来再一次告诉你们，不要仗势欺人，做事不要太过分。"说完转身就走。

包厢里所有人愣住了，半天没有一点儿声音，张晓燕一出门，李富海气得就将酒杯摔了，然后与儿子李光头一起转身就走，留下难堪至极的张彦林与胡翠梅。傻子罗罗十分高兴："这么多的菜，你们不吃我吃，我吃！"说着往嘴里又塞进了一块鸡腿。

11

这年春节前，张晓燕同意嫁给李光头了，听到这个消息后，我长长地舒了一口气。我早就说过，这是迟早的事！不过，除了一点点同情之外，我打心底里替表哥高兴，这其中的原因还有表哥发表的诗歌越来越多了，而且名气越来越大，大有赶上徐志摩当年的风头。还代表自治区参加了什么诗会。我想不出诗会是什么，心想表哥只要在诗会上能认识另外一个女孩子就好了，彻底把张晓燕忘掉才好。

春节后的一天，我在哈城晚报上看到了一则新闻：《西河坝同一天发生两起命案》。一起命案是市畜牧局副科长张彦林掉进西河坝冰窟溺水而亡，另一起是畜牧局局长李富海的儿了李光头在西河坝的巷子里被人杀害，两起案件有没有因果关联？嫌犯是不是同一个人？目前，警方初步锁定了杀害李光头的嫌疑人，是一个叫罗罗的智障人，他用一把弹簧刀子捅进了受害人的后背。

看到这则新闻后，我急急忙忙去找表哥。经过西河坝的时候，我一直感到身后凉嗖嗖的，仿佛有一把弹簧刀一直追着我，让我不时地回头看身后。走到表哥的出租房，我推门进去后，意外地发现秀秀坐在表哥的床头，翻着表哥发表了的一首新诗。

"你表哥高烧两天了，昏迷不醒！"秀秀也一脸疲惫。

"哦——要紧吗？"我问。

"已经吃过药了，发发汗就好了吧！"秀秀说着下了床。

房子里有些冷，房子中间有一个小小的电炉子，电热丝一圈一圈的幽暗的红光。

十多年来，我一直能想起那天表哥的样子，他躺在床上，脸上一点血色都没有，惨白得像荒漠里落了一场大雪。

大雪中的父亲

　　多年来，我驻守在城里，唯一的目的就是等待大雪的降临，像迎接苦难或者恩典一样。我知道这是我们的命运，不可拒绝和更改。

　　冬天来临的时候，天阴沉着，头顶仿佛悬着一块石头。很快，纷纷扬扬的大雪就会落下来，这让我感到恐惧又兴奋。我担心大雪会摧毁我生存的勇气，但我又十分高兴，因为我又可以见到父亲了。

　　父亲春种秋收之后，就会从遥远的农村老家向城市进发。

　　老家，一想起这个词，我就忍不住泪水满面，那是我魂牵梦绕的地方，每一个梦里我都在往回赶，我想回去看一眼老家的山山水水，还有庄稼的长势。可我不能回去。父亲将我留在城里，就是让我守住这一块地皮，这一块只有冬天下雪时才与我们相关的地皮。这些年，来城里扫雪的人多了，父亲总担心我守不住。我理解父亲的难处。有时，我真想一个人偷偷地跑回去，又怕自己找不到回家的路，也担心父亲赶来时找不到我，后果不堪设想。

　　每年，父亲赶到时第一场雪刚好会落下来。父亲为自己能准时赶上下雪而感到欣慰。我期盼着冬天来得早一些，雪下得晚一点，这样我可以同父亲多说一会儿话，了解一下家里的情况。比如母亲的眼睛好些了没有，弟弟妹妹还能不能吃饱肚子，比如家里修房子的木料准备得怎么样了，以及邻居十六岁的小翠是否已经嫁人……我还希望劳累不堪的父亲在城里多休息几天，攒足力气再迎挑战。可是，每年雪与父亲总是不约而同地到达，我与父亲几乎没说一句话就得开始投入工作。

我们的任务是将这一块承包下的地皮在雪停前清扫干净，这是自上而下的命令，是无法抗拒的法律，更是每个城市公民必须承担的义务。而我们要从他们的手中争取这一高尚的差事，这当然是为了生计。劳作的过程中，我们变得如此执着，几乎忘却了生计，仿佛是来经受一次考验，来证明什么！

父亲带着铁锹，还有一柄砸出铁花的榔头，一把磨秃了的扫帚。多年来，我们已经十分熟练这份工作。我们首先使用扫把与铁锹清扫，当行人与车辆将雪踩压瓷实，我们便使用榔头砸，当然我们一般不会让积雪变得这样糟糕。雪花下落的时候，我们甩开膀子扫啊扫，顾不上跺一跺脚搓一搓手，直到雪停下来。

从小到大，我一直怕冷，这大约与饥饿有关。扫雪的时候，冷风嗖嗖地往我衣领里、裤腰里钻。风里带着寒气，不动声色地往骨头里渗。我拼命地挥动扫把，想象浑身热得会冒热气。可是，我发现，自己很快就挥不动了，动作变得皱皱巴巴，手脚像被寒风捆绑住了一样，这让我感到羞愧。扫着扫着脚不见了，我怀疑把脚扫到雪堆里去了；扫着扫着耳朵听不见了，我觉得雪像羽毛一样塞满了我的耳眼。扫到最后，雪将我的眼睛也蒙住了，世界一片漆黑，我急得大叫。父亲又瘦又小，像一把柴，他的背也驼了，但很镇静，保持着很好的节奏和应有的尊严。他一下一下地挥着扫把，一遍一遍地来回重复，不慌不忙。很快，父亲的头顶、后背、胡子上，甚至脸上的皱纹里都落满了雪花。我想停下来，走上前去给他拍一拍，又怕破坏了他的节奏。

　　有几次，我冷得实在受不了，就站在了路灯下，我希望路灯能给我一点温暖。雪花映着路灯飘落而下，地上的影子如蝗飞舞。有时刮起风来，雪花的影子就像水一样在地面上流动，我站在流水里，一种彻骨的寒冷让我几乎失去了知觉。扭头看父亲，他仍然保持着均匀的速度和固定的姿势，他的身上似乎有源源不断的力量，不停地扫啊扫，身后的雪总是薄薄均匀的一层，他几乎让天无可奈何了。

　　有穿了狐皮的女人，鬼影一般经过；有满嘴酒气的醉汉，摇晃着走过；还有一些小孩子，很晚了还在打雪仗，他们的笑声在雪里头愈来愈远……这些都让我向往，即使我的四肢及某些器官完全失去知觉，也无法停止想入非非，而父亲却不为所动。见此情状，我只好又一次惭愧地低下头，学着他的样子弯下腰，低下头一下又一下继续清扫。

　　一个冬天，我就这样在绝望中与风雪抗争着，像是面对毫无人道的强权。有时我会萌生逃跑的念头，可一看到沉默无语的父亲，我又一次坚持了下来。在每一个大雪纷飞的夜晚，我的内心常常产生胆怯，我觉得不足以或者无法承负这个使命，可又意识到这就是命运，一切抗争都无济于事。有时候，我觉得自己拼命地挥动双臂，连脚前的一小块地都无法扫干净，因为雪太大了，落得太快了。

　　我看到风雪中的父亲，这时正佝着腰、低着头，背上、头顶上全是雪，以我熟悉的速度重复着多年来固定的姿势，像一个肥胖的怪物在黑夜中移动。我不知道自己的速度与动作能不能跟上父亲，但我分明感到自己正在快速衰老。

　　现在，我已经分不清哪一个是我，哪一个是父亲，也许，父亲已经逝去，雪地上留下的，一个是我，另一个是我的影子。

不翼而飞

　　房子里空荡荡的，黎明前的黑暗已渐渐散去。外面的马路上喧嚣了起来。我坐起来抠了抠眼屎，习惯性地叫哥哥：

　　哥哥——哥哥——

　　我一连叫了好几声，没有听到哥哥的应答。我总是这样，如果他不应答我就接着叫，直到他应答为止。我的叫声像紧箍咒一样，虽不至于让哥哥头疼欲裂，也会让哥哥心烦意乱。从小到大，我一直这样跟在哥哥身后叫：哥哥——哥哥——

　　叫叫叫，烦不烦！哥哥有时会歇斯底里吼一声。

　　我一点也不恼怒，谁让他是我哥呢！如果我有一个姐姐，我就会少叫几声哥哥；如果母亲在世，我也会减少对他的烦扰；如果父亲没有患病，还能顺顺溜溜地说话，风风火火地走路，还能在下班时给我们带几块糖果回来，我当然也不会这样老喊哥哥的。

　　哥哥，哥哥——

　　我提高了嗓门，口吻带着怨气，仍然没有听到哥哥的应答。小卧室里，半身不遂、不能言语的父亲正使劲地啐痰，痰又粘在嗓子眼里了，真令人恶心。偶尔，我会替哥哥帮父亲擦一下屁股，其他的比如给父亲洗澡、掏耳朵、剪指甲、挤背上的鸡眼、挠痒痒、洗衣服、喂饭……我一点也帮不上哥哥的忙。哥哥为了我与父亲，整天忙得像风中的风车。现在，父亲除了哥哥外，最需要药物，可药物需要钱。钱啊，一谈到钱，我觉得自己是天下最贫穷的人了。我对口袋里能装几块钱，哪怕是几分钱，都充满了向往。小时候过年，除夕夜，慈祥的母亲会给我们一点压岁钱的，可第二天一大早就被父亲残酷地没收了。现在，我们父子三人依靠父亲微薄的退休金生活，每月要买米买面，买清油蔬菜，要交水电费，日子紧张得让人上气不接下气。父亲病倒后，家里的财政大权转到哥哥的手中，看得出，他的压力很大，常常为如何支配几块钱绞尽脑汁，这让他显得苍老又可怜。

我气乎乎地起床，从阳台穿过客厅，来到了父亲的房间，房间里有一股浓烈的汗臭与尿臊混和的气味。父亲坐在床边，正端着垃圾桶，艰难地往里面啐着，他衣襟上有一坨白白的痰渍，我呕了一声，扭头就出来了。推开卫生间的门，卫生间的暖气包还在缓慢地渗水，哥哥说要找物业维修工来修理，一年推一年，始终没有见到修理工来。卫生间的水龙头还在滴答着，已经流满了一红塑料桶水，这是我们一天的生活用水。我推开厨房门，厨房的窗户开着，锅台上落满了尘土，冰锅冷灶的样子。要在平时，这时候厨房里热腾腾的，哥哥正忙着给我们做早饭。我将头伸出厨房的窗户，楼下静卧着几辆车，似乎还在梦中，一动也不动。我不甘心，又在房子的角角落落里找了一遍，连哥哥卧室的床底下、衣柜里都找遍了，仍没有找到哥哥。

我顺手拉开哥哥的抽屉，除一沓印有数字与黑框的过期彩票外，什么也没有。看到彩票，我突然有一个预感，心怦怦地跳了起来：莫非是哥哥中了彩票！

哥，哥，是不是彩票中了？

我情不自禁地叫了起来，房子里静悄悄的，没有哥哥的回应。父亲又躺了下来，轻微地打起了呼噜。父亲现在就知道睡，以前还看电视《动物世界》，一边在沙发上打瞌睡，一边听赵忠祥解说。后来，哥哥狠心地将电视卖给了收破烂的，这让我们家突然变得与世隔绝了起来。

"你为什么要卖了电视，你不让爸看，也不让我看电视了?"我愤怒极了。因为我最喜欢看《西游记》和《猫和老鼠》，如果没有电视看，我的日子也很难打发。我知道哥哥的用意——想逼我出去找工作，可我不愿出去，我害怕外面的世界。

"小东，哥中了彩票就买一个平板电视，这个大屁股太占地方。"哥哥很富耐心地对我说。我从他眨巴的眼睛背后，看出了破绽。哥哥为了买彩票竟将父亲置办下看了二十年的电视机给卖了，想想当初电视机买回来的时候，左邻右舍纷纷前来我们家看电视，那场面令我流连不已。那时候谁来我们家看电视，得看我的脸色。有一段时间，我跟着电视剧《射雕英雄传》学降龙十八掌。后来，不知谁在黑暗中给我头上擂了一棒子，要不是那一棒子，说不准我的降龙十八掌早练成了，我早就在江湖上闯荡了，不至于十几年来窝在家里不敢出门。更让我难以想象的是，那肯定是一根魔棒，那一棒子让我永远地停留在了少年时代，再也没有生长。

哥哥肯定是出啥事了，除了中了彩票，其他的事我都不愿想。中了彩票这么好的事，为什么哥哥不对我和父亲说，为什么不打一声招呼就离开家呢?

有一段时间，哥哥总会从梦里笑醒来，笑醒的那一刻，脸上的表情十分单纯，憨憨的孩子一样可爱。我想他一定是梦见自己的彩票中了。我盼着哥哥的彩票能中五百万，如果真中了，是有我与父亲的一份的，因为哥哥总是用我们父子三人的生日数字组成的彩票号码。有时会把母亲的也写上，后来他觉得晦气，就再没有写。因为母亲染了一种无法治愈的病而离家出走，进而不知所终。母亲的病让我们一贫如洗，她说没有脸面再活在世上了，为了减轻家庭负担，就悄然地离开了我们。我想，如果哥哥的彩票真中了，我们的幸福日子就来了，父亲就有钱买药了。到那时，我要让哥哥给我的口袋里装满钱，装满钱后，我想到外面大摇大摆地走几圈。钱是胆量，我一点也不怀疑这是真理。

我的记忆中，哥哥是中过几次彩票的，最多的一次是猜中了五个数字，中了五十元。那天早上，哥哥笑了醒来，他只穿了件肮脏的小裤头，兴奋地跑到阳台上来将我摇醒问：

"小东，你知道五十与五百万差多少吗？"

我摇摇头，哥哥带着失望的神色叹了一口气："差两个数字，哥就能中五百万啊！五百万，你知道是多少钱吗？"

我又摇了摇头。哥哥无奈地说："如果哥哥中了五百万，你想要什么？"

"你不是说买平板电视吗？"我偏过头望了哥哥一眼。

"傻瓜，平板电视才值多少钱，五百万能买好几车，除了电视你还要什么？我带你去周游世界！"

"我，我不要周游世界！"

"那要什么？"我看哥哥的样子，已经是中了五百万的神情了，骄傲与自信，眼睛闪烁着逼人的光芒，平时灰土土的脸上有了明亮的光泽，浑身是胆的样子，似乎年轻了几岁。

"我，我想，我想要女人，可以——可以给我们做饭！"我羞得满脸通红，扭过头背着哥哥含含糊糊地像在说梦话。

其实，我想说要像阿秀那样的女人，可说不出口。阿秀是哥哥的女朋友，她一进我们家的房子，世界就一派鸟语花香，美好极了。哥哥与鲜艳夺目的阿秀一进门总是争分夺秒地直奔大卧室，很快我就能听到哥哥牛一样粗俗的喘气声，以及阿秀悠扬美妙的呻吟声。阿秀销魂的声音从门缝里钻出来，绕过客厅里的沙发，在阳台上绕着我的身子飞啊飞，弄得我浑身瘙痒，心慌意乱，很快身子就充了气似的鼓起来，像要爆炸一样。

　　自从哥哥被单位辞退之后，阿秀就再也没有来过我们家。说实在的，我爱阿秀，我思念阿秀要比哥哥强烈十倍百倍千倍万倍，我多么希望哥哥再次将阿秀带回家来。一个家要是没有女人的气息，还算什么家？母亲离家出走后，我们家就变成了荒凉的沙漠，空气干燥得连一株花草也不能生长。

　　哥哥给一家公司开小汽车。哥哥是世界上最敬业最称职的小汽车司机，他时刻都在等待公司领导的召唤，无论白天晚上，无论是生病还是受伤，无论是饥饿还是寒冷，都无法阻挡哥哥的工作热情。要不是我与父亲的拖累，哥哥会住在公司，或蜷在车子里睡觉，只要领导一叫他的名字，他会马上睁开眼，快速地发动车准备出发。哥哥对市区里的每一条路、每一条巷子都了如指掌，他总是能在堵车的时候找到捷径，以最短的时间到达目的地。工作多年，哥哥从没有因为个人原因误一次领导的用车。哥哥最乐意被领导派去政府机关取文件，他认识了许多政府官员。有时候，哥哥一个人开着车，只要看到有政府小官员或者熟人朋友在街上走，总要将头伸出去给他们打招呼，问要不要送他们一程。很多政府小官员常常记不住哥哥，可这丝毫不影响哥哥对他们的尊重。哥哥说，尊人尊自己嘛！

　　我丝毫不怀疑哥哥的技术，我曾经坐过一次哥哥的车。哥哥让我坐在前排，给我系上安全带，还给我放了好听的音乐。他带着我穿过这条马路，又穿过那条马路，我们像鱼一样快活地游来游去。街上那么多的车，哥哥像杂技演员一样，轻易地就超越了他们，有时擦着他们的后视镜就开了过去，我快乐地一声一声尖叫哥哥——哥哥，感觉心飘在了云端里。

　　就在一年前，哥哥接二连三地出了几次车祸，便被单位委婉地辞退了。我想，哥哥之所以出了车祸，肯定不是技术的问题，也许有别的原因，比如阿秀。对，一定是阿秀，哥哥出车的时候，阿秀肯定在他的心里头闹腾，这样给谁也开不好这车！

　　哥哥听说我要女人，突然笑了，笑着笑着竟然流下了眼泪。他说："中了五百万，哥给你找几个女人你随便挑！"

　　"我不要别人，我要阿秀！"我转过身，激动地坐了起来。

　　哥哥突然止住了泪，张大了嘴巴，脸上的表情难看极了，肌肉扭曲着。那一刻，我有些后悔，我低下了头，心里头希望他能大吼一声，可他却像泄了气的皮球一样斜靠在了沙发上。

　　这时，我们俩如梦方醒，才知五百万仍遥遥无期，便都不再作声，世界又一次陷入了死一般的寂静。

　　会不会哥哥真中了五百万，会不会是去给我找女人去了？如果是这样，我得再次告诉他我谁也不要，就想要阿秀。会不会是他怕我和父亲拖累，独自带着那笔钱周游世界去了，他一直梦想着周游世界，像一只鸟那样自由飞翔。我觉得哥哥不是那种薄情的人，不会抛弃我们的。

　　我坚信五百万迟早会到哥哥的手上，他养活阿秀是不成什么问题的。如果是阿秀不相信哥哥，不相信那迟早会到来的五百万，我只能说阿秀没有眼光。那么漂亮的眼睛，顾盼流飞的目光，怎么可能呢？我想来想去，想得头都疼了，最后得出一个结论：阿秀离开哥哥一定与父亲有关系！倒不是父亲能说什么，而是父亲身上的气味，阿秀肯定是受不了的，她在等哥哥买新房子，所以短时间不再来我们家了。这让我很是苦恼，我们能怎么办，总不能让父亲去死吧！我们得让父亲好好地活着，活得比我们谁都长。父亲死了，没有了退休金我们怎么活下去？看在钱的分上，我们只能忍受父亲身上难闻的气味了。可是阿秀，那个清水芙蓉般的姑娘，那个神仙一样的姑娘，那个比哥哥小十多岁的姑娘怎么能忍受呢！

　　在我还没有受到魔棒伤害之前，在我初练降龙十八掌十四五岁的年纪，一天晚上，我被几个哥们叫出去喝酒，喝得天旋地转，不辨东西南北，回来时倒在了单元门口的雪地里。要不是哥哥背我回去，要不是哥哥这么多年对我的照顾，我就没有机会看

到阿秀。

我决定去找哥哥，即使身无分文，即使外面的世界枪林弹雨，我也要出去，即使黑暗中有一百人举着棒子擂我的脑袋，我也要出去，因为我只有一个哥哥。

雪花纷纷扬扬往下落，天空中像飞着数不清的白色的蚊子。冬天一来，对于饥寒交迫与贫病交加这两个词我就体会特别深刻。出门的时候，我多穿了件衣服。院子里的空气新鲜极了，刺激得我咳嗽了几声，令我神清气爽，刚才的紧张与苦恼似乎减轻了许多。

我先去了彩票点，就在小区的门口。店面不大，里面挤满了人，地面上到处是纸屑与过期作废的彩票，乌烟瘴气的。有人仰着头研究墙上贴着的各期中奖号码表，似乎要在其中找出规律来；有人趴在柜台上选号码，有的人眼睛红红的，有的人抓耳挠腮，有的人一脸沉思。我还看到了一位老奶奶，她在买彩票时双手合十，嘴里念叨着什么。彩票店的老板与老板娘忙得不亦乐乎，彩票机不知疲倦地往出吐着彩票。我在人群里钻来钻去，没有找到哥哥。我怯怯地问一个正在研究号码的大肚子男人：

"您，您看到我哥大东了没？"

"张大东？狗日的我也想找他呢！"他转过身看了我一眼，凶巴巴的，"你是他弟弟？"

我点了下头。

"他上周借了我五十块钱，说中了奖分我一半，不中的话今天还我的钱，可今天他没有来！狗日的是不是真中了，他想独吞？"

"我，我也不——不知道。"我有些战战兢兢，倒退着准备夺路而逃。他一把抓住了我，我吓得战战兢兢，不敢吭一声。他不动声色地搜查我的口袋，翻了我的上衣口袋，又翻我的裤子口袋，里里外外地翻了一遍，将口袋布都反掏了出来，什么也没有找到。这让我羞愧极了，恨不能化作一股轻烟逃了。其实，我多么希望自己的口袋里有几张钱币，或者装几张哥哥的过期彩票也

好啊！

那男人没有打我，最后很不屑地放开了我，我猫着腰满脸羞愧地溜出了彩票店。

雪越下越大，要淹没地上一切的阵势。街上车一辆辆放慢了速度，小心翼翼的样子，低头行路的人，一个个表情比天气还冷。我必须尽快地找到哥哥。我想起哥哥开黑车的事来，心想，莫非哥哥又去开黑车了？

哥哥被单位辞退后，他租了别人的车跑黑车。一到冬天，我们这地方街上的出租车就不够用了，跑黑车的人从街头巷尾蜂拥了出来。刚开始那段时间，哥哥整天辛苦，心情却极好，我知道这是钱的魅力，钱和女人都是世界上最好的东西，让人兴奋。没多长时间，哥哥身体出了小小的故障。哥哥跑起车来总是顾不上撒一泡尿，就算找到了厕所，也常常是急得尿不净。街上的警察一天比一天多，他们只要发现黑车载客就没收车辆。哥哥一见那些威风凛凛的警察，就心惊胆寒，牙齿发颤，后来竟发展到小便失禁。很长时间，哥哥的裤裆老是湿的。后来，哥哥在车上放了一个"营养快线"的空饮料瓶，那个口径特别大，很是适合哥哥方便。但想到这个办法已为时过晚，哥哥因长期憋尿，身体出了故障。

我不知道哥哥开的是什么样的黑车，站在路边，我对风雪中过往的每一辆车招手，每停下一辆车，我就低头望一眼车里的司机，发现不是哥哥就说："对不起，我不坐车，我在找我哥哥！"

"找你妈的×！"

"神经病！"

…………

有一个人咬牙切齿地想打我，吓得我转身就跑，可梦魇一般怎么也跑不快。人行道上到处是行人，让我躲闪不及。没跑多久，我就感到肚子饿了，双腿发软。

后来，我在一家足浴按摩店门口上气不接下气地停了下来。

隔着玻璃门，我看到了里面有许多漂亮的女孩子，她们露着光溜溜的大腿，坐在沙发上，兴高采烈的样子，似乎在等待什么。此情此景，不由得令我想到"春暖花开"这四个字。

这时候，一个女孩子看到了我，就推开了玻璃门招呼我：

"先生，进来呀，外面的天太冷了！"我一时受宠若惊，我第一次被称作先生。就在这一刻，十多年前魔棒给我施加的魔法顿时就消除了，我变成了一个再也正常不过的大人。我想起荒度的这十几年，被哥哥抚养的这十几年，没有工作、没有女人，没有亲自花过一分钱的这十几年，突然唏嘘不已。更让我吃惊的是，这个女孩子不是别人，正是我日夜思念的阿秀：

"阿秀姐，我是小东呀！"

她愣了一下，将身上披着的粉红色的带着狐狸皮毛领子的羽绒服裹了裹，掩住了雪白晃眼的胸口。

"你是谁？小东，我，我想不起来了！"她羞涩地给了我一个笑，"对不起，我想不起来了！"

她还是那么美，她记不起我不要紧，我能再次见到她感到幸福得想哭，我的脸涨得通红，浑身产生了无穷的力量，甚至连饥饿都忘了。

"我哥，我哥是张大东呀！"

"哦，我真不认识，你大约认错了人！"说着她轻轻地关上了门。

我并不感到失落，反而高兴了起来。我想哼唱几句什么歌来表达内心的幸福感，可想来想去想起了两句：我们的祖国是花园，花园里花朵真鲜艳……我就哼唱着这两句歌词，出门继续去找哥哥。

我来到了哥哥以前的单位。推开玻璃大门，大厅里有一群人围成一圈看打牌，他们高声嬉笑着，争吵着，气氛热烈至极。我不敢打扰他们，我知道这里面都是哥哥以前的同事，说不准还有哥哥的领导，虽然哥哥离职了，但我不能为哥哥丢脸。

"你找谁?" 一个穿着西装瘦瘦的男人问我。

"我，我找张大东!"

"早，早离职了!"

"我是他弟弟，我叫张小东，他今天早上突然不见了!"

"失踪了? 是不是中了彩票，逃了!" 那男人半开玩笑的样子。我们的谈话并没有影响打牌人的争吵与喧闹。

"不，不会的，我哥不是那样的人。" 我分辩道。

"记着，如果你哥中了彩票，让给我们一人买一部苹果手机啊! 说话算话。" 打牌的人突然轰地笑了起来，我不知道他们是为什么而笑。但我想到了哥哥，他在单位的时候，一定不止一次地拍着别人的背或搂着同事的肩许下了承诺: "如果我中了五百万，给咱公司员工一人买一部苹果手机!"

我走了很长时间的路，找了很多地方，饥寒交迫的我再也走不动了，风夹着雪花一直往我的衣服领子里钻，我于是慢慢地往回走。风雪虽然很大，但我一直记着回去的路，这进一步证明了曾经施在我身上的魔力解除了，要是往常，我早迷路了。我想，如果找不到哥哥，今后，我将勇敢地承担起养家糊口的重担，我要照顾好父亲，我要把阿秀娶进家门，让现在的家像一个真正的家。想到这儿，我奋力地加快了脚步。

回到家，房子里不知为什么显得更加空荡了，死一般的寂静。让我惊奇的是父亲不翼而飞，连平时房间里那浓烈的汗臭和尿臊味也消逝了。那样子像我从来没有一位生病的父亲，没有一个半瘫失语、浑身臭味的父亲；从来没有一位慈祥的母亲，在除夕夜给我压岁钱的母亲；从来没有一位对我爱护有加，起早贪黑为养活我和父亲而奔忙的哥哥。